서른에 떠난 세계일주

서른에 떠난 세계일주

초판 1쇄 펴낸날 2010년 1월 25일
2쇄 펴낸날 2010년 10월 15일

지은이 윤유빈
펴낸이 강수걸
펴낸곳 산지니
등록 2005년 2월 7일 제14-49호
주소 부산광역시 연제구 거제1동 1493-2 효정빌딩 601호
전화 051-504-7070 | **팩스** 051-507-7543
sanzini@sanzinibook.com
www.sanzinibook.com

ISBN 978-89-92235-82-2 03810

값 13,000원

* 이 도서의 국립중앙도서관 출판시도서목록(CIP)은
e-CIP 홈페이지(http://www.nl.go.kr/cip.php)에서
이용하실 수 있습니다.(CIP 제어번호 : CIP 2010000086)

365일간의
공전 그리고
공존의 기록

서른에 떠난 세계일주

윤유빈 지음

산지니

프롤로그

365일간의 '공전' 그리고 '공존'의 기록

2008년 4월 14일 오후 2시 홍콩행 비행기를 탔더랬지요. 이듬해 14일 오후 4시에 인천국제공항에 도착했으니, 정확히 365일하고 2시간 후에 제자리로 돌아왔습니다. 365일은 공전 주기라지요. 태양 둘레를 한 바퀴 도는 지구를 따라 저 역시 그 '푸른 별' 안에서 공전을 한 셈입니다. 아시아, 오세아니아, 북미, 중남미, 유럽, 아프리카 순으로 6대륙, 30개국, 135개 도시를 따라 걸었습니다.

여행이 끝났습니다. 일상생활 틈틈이 저는 그 사실을 깨닫습니다. 아침에 눈뜰 때 푹신한 침대와 상쾌한 향의 이불이 낯섭니다. 주위를 돌아보면 혼자라는 사실이 마냥 신기합니다. 주머니 사정상 여행 내내 예닐곱 명이 함께 생활하는 값싼 기숙사형 숙소에서 자야 했습니다. 아마 거기에 길들여진 탓이겠죠. 끼니 때도 마찬가집니다. 김치 한 그릇으로도 밥을 거뜬히 비웁니다. 빵 조각으로 연명하던 그때를 생각하면 성찬입니다. 허리춤을 옭아매던 '여행용 복대'도, 자물쇠를 채운 무거운 배낭도 필요 없습니다. 더는 길 위에서 헤매지 않아도 됩니다. 저는 속으로 되뇝니다. '아! 진짜 여행이 끝났구나. 여긴 한국이구나' 하고 말입니다.

마냥 좋을 줄 알았습니다. 여행 말미 지독한 향수병에 시달렸기에 더욱 그러할 거라 생각했습니다. 마흔 시간 동안 꼬박 기차를 탄 후 지독하게 몸살을 앓았던 중국에서, 피 같은 여행경비를 털린 인도에서, 발톱이 빠져 죽을 것같이 아픈 채로 올라섰던 히말라야에서, 한밤중 숙소를 찾아 낯선 골목을 헤매던 콜롬비아에서, 뜨겁고 건조한 모래바람에 숨 쉬기조차 버거웠던 중동의 사막에서, 먹거리가 없어 주린 배를 부여잡아야 했던 쿠바에서, 밤새 모기에 뜯긴 채 행여나 말라리아에 걸리지 않았을까 전전긍긍하던 아프리카 초원에서, 저는 늘 집 생각을 했습니다. 멋쩍고 객쩍은 고백이지만 10kg이 빠져 수척해진 모습을 거울 속에서 마주하고는 펑펑 운 적도 있습니다. 약비나도록 여행했으니 당분간은 꼼짝 안 하리라 다짐했습니다. 그런데 어찌된 일일까요. 돌아온 지 열흘 만에 좀이 쑤십니다. 떠나간 곳에서는 제자리를 그리더니, 이제는 제자리에서 떠나온 곳을 그리고 있습니다. 뼛속까지 짙게 밴 이 역마살을 어찌하리오.

끝나고 나니 많은 사람들이 묻습니다. 무엇을 보고 배우느라 그 오랜 시간 동안 여행을 했느냐고. 질문 앞에서 번번이 말문이 막힙니다. 많은 일들을 겪었습니다. 단숨에 토해내기가 벅찹니다. 어쩌면 혼란스러워서 그런지도 모릅니다. 십수 년 동안 3자로부터 주입돼 제 속에서 굳어진 것들이 당사자 앞에서 무너져 내리길 반복했으니까요. 제 눈은 보았습니다. 서구사관에 익숙한 탓에 편견 일색이던 이슬람 국가를 '달리' 보았습니다. 식민지배의 아픔이 남아 있는 개발도상국의 현실을 '바로' 보았습니다. 미약한 힘이나마 정체성을 지키려 투쟁하는 소수민족을 '아프게' 보았습니다. 어디 이뿐일까요. 역사는 참으로 약자에게 잔인하다는 생각을 했습니다.

이제는 제 스스로에게 물을 차례입니다. 저는 무엇을 얻었을까요. 여행 떠나기 전 다짐했었습니다. 무언가를 끊임없이 비우고, 또 채워오겠다고. 내 안에 쌓인 낡고 묵은 것들을 버리고, 그 자리에 참신한 가치들을 담아 오겠다고. 생각이 여기에 미치면 부끄러워 낯빛이 빨개집니다. 깜냥 부족한 저는 예전 그대로입니다. 여행만 다녀오면 시야가 탁 트이고, 대번에 어떤 경지에 오를 수 있으리라 생각했지만 여전히 부족한 제 모습을 발견하곤 합니다. 그렇지만 다행입니다. 제가 무엇을 버려야 하고, 무엇을 채워야 하는지를 깨달았으니까요. 살면서 청산해야 할 빚이자, 풀어야 할 숙제입니다.

여행이 끝났습니다. 아닙니다. 여행은 이제부터 시작입니다. 세계일주보다 훨씬 길고 긴 인생 여정이 남아 있습니다. 아마도 인생 여정에서 느낄 고단함은 지난 1년 동안 길 위에서 감내해야 했던 그것보다 훨씬 클지 모릅니다. 하지만 두렵지 않습니다. 세계일주를 끝낸 지금 그 추억이 새록새록 떠오릅니다. 좋은 기억만 가득합니다. 힘들었던 순간조차 술자리 안줏거리로 거듭납니다. 인생여정도 다르지 않겠지요. 하루하루 열심히 살다보면 후에 웃으며 지난날을 돌아볼 수 있겠죠. 어느 시인의 말처럼 소풍 끝내고 돌아가는 날 아름다웠노라고 말할 날이 올 테죠.

감사한 분들이 많습니다. 먼저 부족한 글이지만 책으로 엮어 주신 〈산지니〉 출판사에 고마움을 전합니다. 이 책의 글은 여행 당시 〈경남도민일보〉에 연재했던 기사가 주를 이룹니다. 다만 시의적으로 맞지 않는 부분은 보충을 하고 부연 설명을 해두었습니다. 우연히 만나 함께 여행했던 길동무들, 장도에 지칠 때마다 고국에서 기를 불어 넣어주던 친구들, 그들 덕분에 무사히 여행을 끝낼 수 있었습니다. 무엇보다 1년 동안 가슴 졸였을 소중한 나의 가족들에게 사랑한다는 말을 전하고 싶습니다.

차 례

아시아

남아메리카

북아메리카

유럽

아프리카

오세아니아

아시아

네팔의 히말라야에서,
인도의 갠지스 강에서,
시리아의 모래사막에서,
중국의 만리장성에서
저는 아시아의 진면목에
눈을 뜹니다.

저는 대한민국 사람입니다. 그 범주를 넓히면 동북아시아인, 더 확장하면 아시아인이 됩니다. 독자 여러분도 다르지 않을 테지요.

낯 뜨거운 고백이지만 여행 전 저는 스스로 뿌리박고 사는 아시아를 우습게 여겼습니다. '아시아 문화가 다 거기서 거기지' 하는 마음으로 무작정 먼 대륙을 동경하곤 했습니다. 문화사대주의 혹은 옥시덴탈리즘에 빠져 내 것의 소중함을 깨닫지 못했던 겁니다.

6개 대륙을 여행하고 난 후 제 자신이 한없이 부끄러워집니다. 아시아는 참 다채로운 문화를 지녔습니다. 동서로 유교 · 불교 · 힌두교 · 이슬람교의 족적을 훑다보면 절로 감탄사가 새어 나옵니다. 찬란했던 문화의 유적은 물론이고 삶을 윤택하게 하는 정신적 가치들이 풍성합니다.

네팔의 히말라야에서, 인도의 갠지스 강에서, 시리아의 모래사막에서, 중국의 만리장성에서 저는 아시아의 진면목에 눈을 뜹니다.

히말라야가
내게 가르쳐 준 것

네팔

"네팔의 수도 카트만두? 이름이 희한하네. 도시 이름에 웬 만두냐."

어렸을 적 지도를 펴놓고 친구들과 한바탕 웃었던 기억이 난다.

네팔이란 나라는 그렇게 생소한 이미지로 각인돼 있다. 머리가 굵어진 후에도 마찬가지. 왕이 다스리는 나라(여행 당시 네팔은 공화국으로 전환하기 전의 왕정체제였다), 국민소득에 비해 행복지수가 높은 후진국 정도가 네팔에 대해 아는 전부였다. 적어도 네팔을 직접 경험하기 전까지.

고작 보름간의 여정으로 네팔에 대해 논한다는 건 건방을 떠는 일이다. 다만 이번 여정을 통해 나는 히말라야 중턱에 자리한 이 힌두인의 나라에 대해 이해하는 법을 배웠다.

네팔은 산악국가다. 만년설의 히말라야 산맥이 나라 전체를 병풍처럼 감싸고 있다. 수도 카트만두를 거쳐 히말라야 등정을 위한 베이스캠프인 포카라에 발을 딛는 순간, 네팔인에게 산은 숙명이란 걸 깨닫게 된다.

포카라에서는 고개만 돌리면 8,000m급의 설산이 눈에 들어온다. 여염집 담장 뒤로, 골목길 전신주 너머로 어김없이 웅장한 산이 자리하고 있다. 심지어 뒷간에 앉아 일을 보다 고개를 들어도 처마 사이로 히말라야를 감상할 수 있다.

네팔인은 히말라야를 '어머니'라 부른다. 그래서일까. 산을 닮은 그들은 하나같이 순박하고 착했다. 그 덕에 여행 내내 사주경계를 늦추지 않던 나는 모처럼 홀가분한 기분으로 거리를 활보할 수 있었다.

히말라야가 자식들에게 물려준 건 비단 심성만이 아니다. 포카라는 대자연을 만끽하려 몰려드는 관광객으로 연일 북새통을 이룬다. 이들이 지출하는 관광비용은 도시를 떠받치는 주요 수입원이다. 히말라야는 변변한 공장 하나 없는 포카라의 젖줄인 셈이다.

히말라야의 또 다른 이름은 '스승'이다. 산을 오르려, 혹은 그저 산을 바라보려 네팔을 찾는 이들 모두 제 나름대로의 깨달음을 안고 집으로 돌아간다. 애써 배우려 하지 않아도 트레킹을 통해 거대한 설산을 마주하면 자연스레 그렇게 된다. 나 역시도.

등산과 맥을 같이 하는 트레킹은 8,000m급의 설산을 좀 더 가까이서 느끼기 위해 산을 오르거나, 좌우로 횡단하는 것을 말한다. 등산로가 한정된 우리네 산에 비해 규모가 큰 히말라야의 트레킹 코스는 그 수를 헤아리기 힘들 정도다.

나는 3,000m 상당에 자리한 푼힐(Poon Hill) 전망대를 목표로 나흘짜리 코스를 택한 후 히말라야에 첫발을 디뎠다. 산이라면 지겹도록 오르내린 예비역 병장이니 만큼, 자신에 찬 발걸음이 가벼웠다. 콧노래도 새어 나왔다.

한 시간이나 채 지났을까. 평탄하던 산길이 굽이치더니, 오르막이 끝없이 이어졌다. 숨이 턱까지 차오르고, 땀이 비오듯 흘렀다. 좀 전의 거만함을 탓하는지 히말라야의 산등성이는 점점 더 경사를 높였다. 기다시피 산을 오르다보니 짜증이 밀려왔다. 악을 쓰며 걷기를 수 시간, 한계가 왔다. 다리가 꼬이고 발목이 제맘대로 꺾이더니, 결국 엉덩방아를 찧고 말았다. 아무렇게나 등을 기대고 돌아앉는 순간, 히말라야의 정경이 눈에 들어왔다. 아름다웠다.

쉼 없이 산을 오르느라, 그동안 등 뒤로 펼쳐진 풍광을 한 번도 보지 못했다는 생각이 그제서야 들었다. 한참을 그렇게 앉아 산등성이를 바라봤다. 5월의 녹음 사이로 시원한 물줄기의 계곡이 장관을 이루고 있었다.

인생도 똑같다는 생각이 든다. 앞만 보고 달려오는 동안 우리

"설산은 어느 지점에서 바라보나 그만의 독특한 멋이 있다.
고도가 높건 낮건, 좌·우측이건 상관없이 하나같이 경이롭다.
당신은 그저 자신의 취향과 시간, 체력을 고려해
적절한 목표를 정하면 된다."

는 얼마나 많은 것을 스쳐 보내야 했을까. 그중에는 분명 놓쳐서는 안 될 소중한 무언가가 있었으리라. 가끔은 삶에도 '쉼표' 가 필요한 이유다.

우여곡절 끝에 해발 3,000m 높이에 자리한 푼힐 전망대에 올랐다. 이른 새벽의 일출, 설산을 휘감는 벌건 빛의 향연은 그간의 고생을 충분히 보상할 정도로 감동적이었다. 트레킹 코스로 푼힐을 선택하기 잘했다는 생각이 들었다.

워낙 다양한 지점에 전망대가 있다 보니 가끔 트레킹 코스를 놓고 갑론을박이 벌어질 때가 있다. 누구는 "더 높은 곳에서 봐야 제대로 볼 수 있다" 고 말한다. 또 어떤 이는 "왼쪽 측면이 훨씬 멋있다" 고도 말한다.

이에 대해 십 년 넘게 트레킹 가이드를 해온 현지인의 말이 인상적이다.

"설산은 어느 지점에서 바라보나 그만의 독특한 멋이 있다. 고도가 높건 낮건, 좌 · 우측이건 상관없이 하나같이 경이롭다. 당신은 그저 자신의 취향과 시간, 체력을 고려해 적절한 목표를 정하면 된다."

좀 뜬금없긴 하지만 이 말을 듣는 순간 소싯적 생각이 머리를 스쳤다. 우리는 어려서부터 '꿈은 원대해야 한다' 고 배워왔다. 학창시절 통지표 귀퉁이의 '희망사항' 란에 소박한 꿈을 적었다간 주위에서 타박이 날아들기 일쑤였다. 자의든 타의든 열에 아홉은 '과학자' 나 '의사', '판검사' 를 적었던 것으로 기억한다.

그래서일까. 어른이 된 후에도 지향하는 바가 크게 다르지 않다. 명예, 권력, 돈 등 행복을 재는 잣대가 정해져 있다.

자꾸만 현지 가이드의 말이 귓전을 맴돈다.

"고도가 높건 낮건, 좌 · 우측이건 하나같이 경이롭다……."

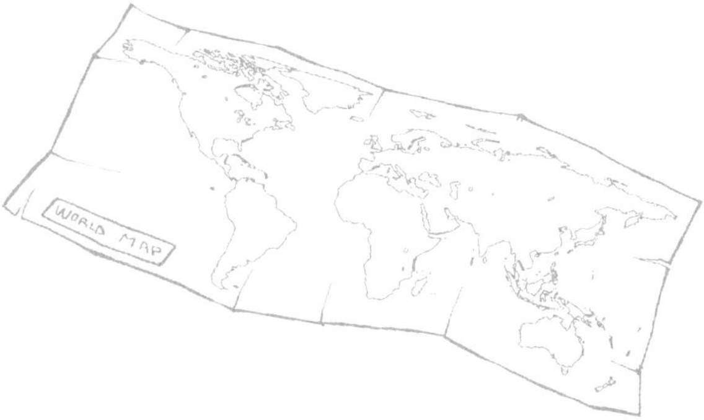

가축들에게도 계급이!

네팔에서 가축은 발에 차이는 돌멩이만큼이나 흔하다. 어딜 가나 산만한 덩치의 소를 비롯해 당나귀, 닭, 개 등의 가축이 사람과 한데 뒤섞여 있다(무슨 이유에선지 돼지는 보기 힘들다). 도시 전역에서 방목을 하는 셈이다. 축사에 가둬 기르는 우리네와는 사뭇 다른 모습이다.

'카스트 제도' 가 존재하는 힌두인의 나라여서일까. 가끔 가축 사이에서도 계급(?)의 차이를 느낀다. 이들에 대한 사람들의 대접이 각기 다르다는 얘기다.

종교적 이유로 신성시되는 소는 사람 못지않은 대우를 누린다. 느릿느릿 거리를 활보해도 누구 하나 몰아내거나 회초리를 들지 않는다. 다들 소를 피해 둘러갈 뿐. 심지어 도로를 막아 서도 운전자들은 소의 행렬을 가만히 지켜본다.

개 팔자도 상팔자다. 네팔에서 개를 묶어 키우는 경우는 없다. 개들은 낮이건 밤이건 골목을 누비다 시원한 그늘 아래서 단잠에 빠져들곤 한다.

남은 건 당나귀와 닭, 상대적으로 푸대접을 받는 불행한 가축이다. 이들의 우열은 히말라야에서 갈렸다.

수천 미터의 히말라야를 터전으로 살아가는 네팔 사람들은 마을과 마을 사이의 교역을 위해 당나귀를 이용한다. 교역품은 주로 닭이나 쌀, 건축자재 등이다.

산을 오르다보면 닭장을 실은 당나귀가 유독 많다. 등짝이 휘어지도록 주렁주렁 닭을 싣고 가는 모습이 안쓰럽다. 무정한 상인은 힘에 겨워 마른 콧김을 쏘아대는 당나귀에게 가차 없이 회초리를 든다. 당나귀에 실려 편히 산을 오르는 닭의 삶이 그나마 나아 보이는 이유다.

히말라야 산자락에서 가련한 당나귀를 보고 속으로 빌었다.

"다음 생엔 부디 소로 태어나렴."

등이 휘어지도록 주렁주렁 짐을 싣고 가는 당나귀

로컬버스에서
혹독한 신고식을 치르다

인도 국경

"너 인도 가거든 정신 바짝 차리고 다녀라. 워낙 땅덩어리도 넓고, 사람도 많다 보니 별의별 일이 다 있더라. 특히 사기꾼 조심하고."

세계일주를 시작하기 전, 인도를 여행했던 친구가 충고했다. 당시 나는 녀석에게 "너처럼 어수룩한 애들이나 사기를 당하는 거야."라며 퉁을 놓았다.

맙소사! 인도 땅에 발을 딛자마자 사기를 당했다. 정말이지 순식간에 벌어진 일이라 쓴웃음밖에 나오지 않았다.

비극(?)은 인도와 네팔의 국경 도시, 소나울리에서 발생했다. 네팔 여행을 마치고 인도의 바라나시로 향하던 중 '그'와의 악연이 시작된 것.

양국의 국경에서 바라나시로 가기 위해선 기차나 버스를 타야 한다. 대부분의 여행자들은 기차를 택한다. 쾌적하고 빠른 데다 안전하기 때문. 다만 기차의 경우, 당일 예매가 안 돼 국경 근처에서 하루를 지내야 한다.

반면 현지인이 이용하는 이른바 '로컬버스'는 잦은 정차와 연착, 낙후된 시설로 여행자가 기피하는 교통수단이다. 특히 도로사정이 좋지 않은 인도에서 열 시간이 넘는 버스 여행은 고생을 자초하는 일이다. 돈만 내면 바로 탈 수 있다는 장점은 이 같은 단점들에 묻혀 빛을 발하지 못하는 게 현실이다.

출입국사무소에서 수속을 마치고, 인도 땅을 밟았다. 그때 '그'가 다가왔다. 상냥한 목소리로 합장을 한 채 '나마스떼'를 외치는 '그.' 온화한 표정, 순박한 눈빛, 말쑥한 차림, 유창한 영어, 한눈에 호감을 주는 인상이다. 담소 끝에 그가 말했다.

"기차 타려면 여기서 하루 묵어야 하는데, 시간이랑 돈이 아깝지 않아요? 제가 여행사를 하는데 외국인을 위한 투어버스가 있어요. 로컬버스보단 조금 비싸지만 시설이 끝내줘요. 정차 없이 한 번에 바라나시로 가기 때문에 열 시간도 안 걸려요. 지금 몇 자리 안 남았는데 빨리 예약하면 탈 수 있어요."

이미 경계를 풀어 제친 나는 순순히 그의 뒤를 따랐다. 골목골목을 누빈 끝에 허름한 사무소에 당도했다. 무허가 판자촌을 연상케 하는 그곳에는 변변한 간판조차 없었다.

마음 한편에서 '의심' 이라는 여행자의 본능이 꿈틀대기 시작할 즈음, 그가 결정타를 날렸다. 최신 시설의 버스 사진이 박힌 티켓을 눈앞에 내밀더니 친절히 좌석번호를 확인해 준 것. 인도 정부의 사업자 허가번호는 물론 차량보험 인증서까지 첨부된 티켓 앞에서 모든 의혹이 눈 녹듯 사라졌다.

그 길로 나는 로컬버스의 네 배에 달하는 거금을 주고 표를 샀다. 부담스런 비용이었지만, 기차를 탈 경우 지출해야 할 체류비와 소요 시간 등을 감안할 때 수지가 맞는 장사라 여겼던 것이다. 표를 들고 아이처럼 좋아하던 내게 그가 말했다.

"친구는 운이 좋은 거예요. 이 버스 인기가 많아서 좌석 구하기가 쉽지 않거든요. 한 시간 있다가 버스가 도착할 겁니다. 저는 볼 일이 있어서 잠시 다녀올게요. 이따 봐요."

그것이 그의 마지막 모습이었다. 한 시간 후면 온다던 버스도, 그도 두 시간이 지나도록 감감 무소식. 그제야 정신이 번쩍 들었다.

'당했구나…….'

집채만 한 배낭을 아무렇게나 던져놓고 바닥에 주저앉았다. 멍하게 하늘을 보니, 무심하게도 구름 한 점 없이 맑고 푸르다.

인도의 로컬버스는 여행자들 사이에서 기피 대상이다.

짧은 시간 동안 오만가지 생각이 교차했다. 그를 찾아 나설까 하다 이내 마음을 접었다. '서울에서 김 서방 찾기' 요, '모래언덕에서 바늘 찾기' 일 터.

모든 걸 체념한 순간, 먼발치에서 뿌연 흙먼지가 일더니 버스 한 대가 다가왔다. 혹시나 하는 마음에 가슴이 요동치기 시작했다.

그러나 시끄러운 굉음과 함께 나타난 버스는 7~80년대에 우리나라 도로를 누볐을 법한 낡은 '고철덩어리' 다. 멀뚱멀뚱 나를 보던 버스 차장이 바라나시행이니 어서 타란다. 내가 표를 내밀자, 그가 '씩' 하고 의미심장한 웃음을 지었다. 아마도 '바보 같은 외국인이 또 낚였군.' 하는 눈치다. 모든 게 확실해졌다. 애초에 외국인을 위한 투어버스 따윈 존재하지 않았던 것이다.

버스 안은 겉모습보다 더 가관이었다. 과일 꾸러미와 채소 나부랭이, 짜파티(밀반죽을 화덕에 구워 만든 인도의 주식)를 한 짐 실은 광주리, 심지어 병아리로 가득 찬 닭장도 보인다. 시장판이 따로 없다.

그뿐이랴. 딱딱한 등받이 의자에다 코를 자극하는 차량 매연, 귀를 찢을 듯 시끄러운 엔진 소리……. 로컬버스의 악명을 실감하는 순간이었다.

티켓에 적힌 좌석번호를 차장에게 보여주자, 그가 손사래를 치며 아무 데나 앉으란다. 두서넛 남은 빈자리 모두 상태가 좋지 않다. 등받이가 휘었거나, 주위에 토사물이 가득했다. 하는 수 없이 삐딱한 등받이 의자에 엉덩이를 반쯤 걸쳤다.

버스는 복장이 터지도록 느렸다. 30분에 한 번 꼴로 간이 정류장에 정차하는 통에 도무지 나아가지 않았다. 꼼짝없이 차 안에서 밤을 지샐 판이다. 창밖으로 지는 노을이 왜 그리도 구슬프던 시. 하마터면 왈칵 눈물을 쏟아낼 뻔했다.

우두커니 먼 산을 바라보는데 낯이 뜨겁다. 주위를 둘러보니 차 안의 현지인들이 나를 쳐다보고 있다. 로컬버스를 타는 외국인이 낯선가 보다. 평소 같으면 웃음으로 넘길 상황이지만, 그 순간엔 시선 하나하나가 짜증스럽기만 했다.

여기저기서 호기심 어린 질문이 쏟아졌지만, 침묵으로 일관했다. '트라우마'를 겪은 뒤라 모든 인도인이 '그'로 보였기 때문이다. 배낭을 꽉 움켜진 채 부실한 의자에 앉아 있으려니 허리가 끊어질 듯 쑤셨다. 한밤의 열대야에 땀이 그칠 줄 몰랐고, 온몸에서 수분이 빠져나간 탓에 미치도록 목이 탔다.

지옥 같은 밤을 보낸 끝에 바라나시에 도착했다. 물 두 통을 사서 단숨에 비운 후 그늘을 찾아 앉았다. 10억여 명의 인구 대국답게 거리는 사람들로 발 디딜 틈이 없었다.

시간 앞에 아물지 않는 상처는 없다더니, 차오르던 분노가 차츰 가라앉기 시작했다. 바삐 움직이는 인파를 보며, 저 중엔 좋은 사람들이 훨씬 많을 거라 혼자 중얼거렸다. 마치 주술을 외듯.

나의 인도 여정은 그렇게 호된 '신고식'으로 시작됐다.

시간 앞에 아물지 않는 상처는 없다더니,
차오르던 분노가 차츰 가라앉기 시작했다. 바삐 움직이는 인파를 보며,
저 중엔 좋은 사람들이 훨씬 많을 거라 혼자 중얼거렸다.
마치 주술을 외듯.

죽음의 의식 곁으로 무심한 듯 흐르는 일상

인도
바라나시

첫인상은 대상에 대한 이미지를 좌우한다. 초입에서 호객꾼의 장난질(?)에 된통 당한 터라, 인도 여정의 첫 목적지인 바라나시가 달가울 리 없었다.

마음에 굳게 빗장을 친 나에게 바라나시는 그저 불결하고 혼잡한 도시였다. 더구나 죽음을 터부시하는 우리네 정서상, 도시 한복판에서 공개적으로 화장하는 힌두교의 전통 장례의식은 두려움으로 다가왔다.

하지만 이는 어디까지나 이방인의 눈에 비친 모습일 뿐, 인도인에게 바라나시는 성지다.

이 도시를 관통하는 강가(Ganga, 갠지스 강)는 4억여 종류의 힌두신 중 으뜸으로 꼽힌다. 특히 인도인은 힌두 신앙에 따라 강가의 성스러운 물에 목욕을 하면 모든 죄업이 소멸되고, 이곳에서 죽어 화장한 재를 강물에 뿌리면 윤회의 고통에서 벗어난다고 믿고 있다(윤회사상을 근본으로 하는 힌두교는 삶 자체를 고통이라고 가르친다. 따라서 윤회의 고리를 끊는 것, 즉 다시 태어나지 않는 상태를 최고의 경지로 여긴다). 연간 100만 명에 달하는 순례자와 임종을 앞둔 이들이 바라나시를 찾는 이유다.

인도 전역에서 몰려드는 힌두인들로 강가와 연결된 가트(강가와 육지를 이어주는 계단)는 하루도 조용할 날이 없다. 이방인들의 눈에 이들의 행위는 눈이 휘둥그레질 정도로 낯설다.

가트 한쪽에서 젊은 장정들이 화장터로 시신을 나른다. 겹겹이 쌓인 향나무 위에 시신을 올린 후 가족들이 차례로 염을 하고, 이내 불을 붙인다. 상주로 보이는 남자가 장대로 향나무와 시신을 연신 뒤척인다. 옆에선 앞서 화장한 시신이 반쯤 타들어가고 있다.

수십 구의 시체에서 뿜어져 나오는 연기가 바라나시를 삼킬 듯 번져 오른다. 죽음을 기다리는 늙고 병든 사람들이 이를 빤히 쳐다본다. 비현실적인 모습 앞에 현기증이 일고, 시체 타는 역한 냄새에 헛구역질이 나온다.

주변의 모습은 더 경악스럽다. 맨발의 아이들이 타들어가는 시신 사이를 아무렇지 않게 뛰어다닌다. 그 사이로 행상을 하는 장사치가 눈에 들어온다.

화장터 앞 가트는 죄를 씻기 위해 목욕을 하는 순례자들로 발 디딜 틈이 없다. 이들이 몸을 담그고 때론 마시기도 하는 강가에는 화장 후 흩뿌려진 재와 타다만 인골, 가축의 대소변과 온갖 쓰레기가 떠다니지만 아무도 개의치 않는다. 의식을 치르듯 그저 경건히 목욕에만 열중하고 있다.

문화적 충격이었다. 엽기적인 광경에 진저리가 난 나는 당초 사흘로 잡았던 바라나시 일정을 줄이리라 마음먹었다. 솔직히 단 하루도 머물고 싶지 않을 만큼 끔찍한 경험이었다. 하지만 열흘이 지난 후까지 나는 바라나시를 떠나지 못했다. 물론 자발적인 선택이었다.

바라나시에 도착한 다음날, 행여나 물이라도 튈까 가트 먼발치에서 서성이던 중 강가에서 목욕을 하던 한 남자가 눈에 띄었다. 현지인과 다른 피부색과 생김새 때문인지 멀리서도 그 모습이 도드라졌다.

그의 이름은 안도(27), 내 또래의 일본인이었다. 나는 강가에 떠다니는 부유물을 가리키며, 안도에게 "괜찮냐?"고 물었다. 단번에 질문의 의도를 파악한 그가 웃으며 말했다.

"이 사람들 수천 년 동안 여기서 화장하고, 빨래하고, 목욕하고 살았어. 다들 멀쩡하잖아. 마음먹기 나름이지 뭐. 나 원래 바라나시에 나흘 정도만 머물 생각이었는데 너무 좋아서 몇 주 더 있으려고. 인도 이곳저곳 다녀봤지만 여기만큼 인도다운 곳은

안도처럼 강가에 뛰어들 경지에는 이르지 못했지만,
나에게도 조금씩 변화가 찾아오고 있었다.
온갖 부유물이 떠다니는 강가에서 자맥질을 하는 이들을 보며,
더는 인상을 찌푸리지 않게 된 것이다.

없더라."

얼마나 머물 거냐는 그의 물음에 차마 오자마자 떠난다는 말을 할 수 없었다. 왠지 자존심이 상했다. 오기가 치밀어 오른 나는 바라나시에 좀 더 머물러 보리라 결심했다.

열흘 동안 하루도 빠짐없이 가트를 거닐며, 삶과 죽음이 함께 하는 바라나시를 느꼈다. 해질녘, 작은 나룻배를 빌려 강가를 둘러보는 호사도 누렸다.

안도처럼 강가에 뛰어들 경지에는 이르지 못했지만, 나에게도 조금씩 변화가 찾아오고 있었다. 온갖 부유물이 떠다니는 강가에서 자맥질을 하는 이들을 보며, 더는 인상을 찌푸리지 않게 된 것이다. 그들의 깊은 신앙에 감탄사가 나왔고, 죽음에 초연한 그들 모습에 경외감마저 들었다.

다른 문화를 이해하기 위해선 철옹성처럼 견고한 편견을 깨야 한다. 그러지 않고선, 좁은 시야에 갇혀 '내 것' 외에는 모두 미개하고 불결한 것으로 치부해 버리기 십상이다. 수천 년 동안 이어진 인도인의 신성한 의식을 한낱 여행자가 하루 만에 제멋대로 재단했던 것처럼.

지진과 폭탄테러, 그 사이에서

'무소식이 희소식' 이라 일러두었기에, 한동안 가족에게 소식을 전하지 않았다. 바라나시에서 오랜만에 집에 전화를 걸었더니 이게 웬일! 수화기 너머로 '왜 이제야 연락하느냐' 는 부모님의 질책이 쏟아졌다. 무사해서 다행이란 안도의 한숨과 함께.

자초지종을 듣고 보니 집안이 발칵 뒤집힐 법도 했다. 네팔과 인도로 넘어오기 직전에 머물렀던 중국의 쓰촨성. 이곳이 지진으로 무너져 몇만 명이 목숨을 잃었다고 했다. 또 비슷한 시기에 인도의 자이푸르에서 폭탄테러로 수십 명의 사상자가 발생했단다.

곰곰이 되짚어 보니 내가 가족에게 마지막으로 연락을 한 게 쓰촨성 청두에 도착한 직후였다. 이후 연락이 두절됐으니, 지진과 폭탄테러 등의 사건사고가 터질 때마다 가족의 애간장은 바짝 탔으리라. 뉴스에 눈과 귀를 닫고 살았던 나는 이런 사실을 꿈에도 생각지 못하고 있었다.

곧장 PC방으로 달려가 자판에 '지진'과 '폭탄테러'를 쳐넣었다. 대략 시기를 따져보니 내가 쓰촨성을 떠난 지 사흘 후에 천지가 무너져 내렸다. 또한 일정이 조금 빨랐더라면 자이푸르 폭탄테러 현장에 당도할 뻔했다. 심장이 요동치고, 등골이 오싹했다.

그날 저녁, 마음을 진정시키기 위해 강가에 나룻배를 띄운 후 해거름을 보며 생각했다.

'내가 머무르고 있는 바라나시는 중국 쓰촨성과 인도 자이푸르의 중간 지점이다. 공교롭게도 이곳은 삶과 죽음이 공존하는 도시다.'

우리와 너무나도 닮은 그들

인도
다람살라

히말라야 너머 지척에 부모 · 형제가 있건만, 만날 수 없다. 시리도록 눈부신 설산은 그래서 시리도록 슬프다. 고향땅인 중국 신장에서 날아든 비보에 산간 마을이 술렁인다. 총탄에 스러지고, 군홧발에 짓밟히고, 매질에 신음하는 동족이 수천을 헤아린단다. 찢기는 가슴을 부여잡고, 한 손에 염주를 든 이들이 사원으로 몰려든다. 사지와 머리를 땅에 찧으며 기도하는 '오체투지'가 밤낮없이 이어진다. 가족의 안위와 함께 문화학살을 일삼는 저들을 용서해 달라 비는 모습이 이방인을 숙연케 한다. 슬픈 실향민, 그들의 이름은 티베탄(Tibetan)이다.

—2008년 3월 공안들이 티베트인을 무력으로 탄압한 즈음

티베트 망명 정부가 있는 인도 다람살라(현지에서는 이 지역을 '맥그로드 간즈' 라 부른다)를 찾았다. 해발 1,800m의 히말라야에 자리해 빼어난 풍광을 자랑하는 곳이지만, 이를 바라보는 마음은 무겁기만 하다. 아마도 타향살이를 선택할 수밖에 없었던 티베트인의 아픈 과거 때문이리라.

중국, 네팔과 국경을 마주한 티베트는 오랜 기간 독립국이었다. 한때 중국의 고도였던 장안(長安, 현재 시안西安)을 무력 점거할 정도로 강성했던 이들은 이후 불심에 귀의, 평화로운 민족으로 변모한다.

하지만 무기 대신 염주를, 살생 대신 자비를 택한 티베트인에게 역사는 잔혹했다. 청나라를 기점으로 야욕을 드러낸 중국이 1949년 티베트를 통째로 집어삼킨 것.

당시 공산화 바람을 탄 중국은 '인민해방' 이란 헛구호를 앞세워 싸울 의사조차 없던 티베트를 침략했다. 이미 세속을 넘어 '영혼의 해방' 을 탐구하던 티베트인에게 한낱 이데올로기의 편린인 '인민 해방' 이 가당키나 했겠는가.

종교가 민중의 아편이라 맹신한 중국 공산당은 티베트에 대한 무차별적인 문화학살을 자행했다. 150만 명에 달하는 티베트인이 붉은 오성기 아래 목숨을 잃었고, 인류의 소중한 자산인 불교사원 대다수가 잿더미가 됐다. 결국 1959년 중국의 종교 탄압을 피해 티베트의 영적 지도자인 달라이 라마와 일부 티베트인이 인도의 다람살라로 망명하기에 이른다.

티베트에 대한 야만적인 '한족동화정책' 은 현재까지 진행 중이다. 2008년 3월 티베트에서 불거진 소요가 이를 증명한다.

당시 사태에 대해 중국은, 독립을 노리는 달라이 라마 추종자들이 일으킨 폭동이라고 주장하고 있다. 하지만 이곳 다람살라에서 목도한 진실은 달랐다. 현재 티베트인 대부분은 '독립' 대신 종교의 자유를 근간으로 하는 '자치' 를 원하고 있다. 이는 분란에 따른 더 이상의 희생을 막고자 하는 달라이 라마의 뜻과도 맥을 같이 한다. 독립 운운하며 폭동으로 몰아가는 중국 쪽 주장과는 괴리가 컸다.

더 놀라운 사실도 접했다. 오래전부터 중국은 티베트를 한족에 동화시키기 위해 '애국훈련' 을 벌여왔다. 애국훈련이란 승려들을 모아놓고 달라이 라마를 헐뜯거나, 모욕하도록 강요하는 일종의 정신교육이다. 불복할 경우, 혹독한 대가를 치러야 한다. 티베트인에게 달라이 라마는 '아버지' 같은 존재다. 구타와 옥살이를 택할망정 아비를 욕보일 자식은 없다. 당시의 티베트 사태 역시 애국훈련과 관계가 있다는 증언이 다람살라에 파다하다.

틈만 나면 인권과 정의를 들먹이는 강대국들은 웬일인지 중국의 치졸함에 입을 다물고 있다. 인구 13억의 거대한 시장이 인류의 보편적 가치보다 우위를 점한 셈이다. 하지만 티베트인은 외롭지 않다. 아직 세계의 '양심' 이 건재하기 때문이다.

다람살라에는 중국의 문화학살을 규탄하는 한편 비폭력을 바탕으로 한 티베트인의 '조용한 저항' 에 경의를 표하는 이방인들이 몰려들고 있다. 이를 반영하듯 'FREE TIBET' 이 새겨진 각국의 국기가 다람살라 전역을 수놓고 있었다. 태극기를 준비하지 못한 것을 한스러워하며, 나는 때 묻은 옷가지에 티베트의 자유를 기원하는 문구를 새겨 여염집 처마에 걸어 두었다. 마음의 짐을 조금이나마 덜어낸 기분이었다.

고백컨대 불과 얼마 전까지도 티베트에 무관심했던 나는 인류애를 들먹일 만큼, 또 이를 행동으로 옮길 만큼 그릇이 크지 않다. 또 그럴만한 깜냥도 못 된다. 그런 내가 다람살라에 머무는 동안 명치끝이 아려올 정도로 타민족의 아픔을 온전히 느꼈다.

생각해 보니 그 이유를 알 것 같다. 티베트와 우리 민족의 굴곡진 역사가 너무도 흡사했기 때문이다.

다람살라 한편에 자리한 낡고 초라한 티베트 망명정부의 청사. 이곳은 중국에 있는 우리 민족의 상해 임시정부와 판박이다. 나라를 잃었던 민족의 후예이기에 티베트인을 바라보는 마음이 더욱 각별했는지 모른다.

그뿐이랴. 티베트 박물관에서 보았던 낡은 무성필름은 광주민주항쟁을 떠오르게 했다. '종교의 자유' 를 외치며 맨몸으로 항의하는 승려들에게 날아드는 총탄, 총성에 놀라 흩어지는 티베트인과 이들을 쫓아 뭇매를 퍼붓고 개처럼 끌고 가는 중국 인민군의 모습……. 마치 민주화를 외치다 군정의 폭압에 짓밟힌 우리네 광주를 보는 듯했다.

고백컨대 불과 얼마 전까지도 티베트에 무관심했던 내가
다람살라에 머무는 동안 명치끝이 아려올 정도로 타민족의 아픔을
온전히 느꼈다. 이제 그 이유를 알 것 같다.
티베트와 우리 민족의 굴곡진 역사가 너무도 흡사했기 때문이다.

지구별 단상

티베트 음식으로 향수를 달래다

향신료가 강한 인도 음식에 슬슬 진저리가 날 즈음, 다람살라에 도착했다. 티베트를 그대로 옮겨놓은 곳인 만큼 먹거리 역시 티베트 전통음식이 주류를 이뤘다.

티베트 음식은 한국인의 입맛에 잘 맞다. 우리네 청포묵을 빼다 박은 '라핑' 을 비롯해 수제비와 흡사한 '뗌뚝', 칼국수를 닮은 '뚝빠', 만두와 비슷한 '모모' 등 식욕 잃은 한국여행자에게 다람살라는 '미각재활훈련센터' 같은 곳이다.

한날 이곳저곳을 쏘다니다 라핑을 파는 노점을 발견했다. 히말라야 산중턱에 자리해 조금만 움직여도 체력 소모가 많은 탓에 무척 허기진 상태였다. 라핑 한 그릇을 게 눈 감추듯 뚝딱 해치우고 또 한 그릇을 시켰다. 먹는 데 정신이 팔려 있던 나를 주인아주머니가 빤히 쳐다본다. 그러더니 바닥을 드러낸 그릇에 라핑을 한가득 담아주며 웃는다. 그렇게 서너 그릇을 비우고서야 포만감이 밀려왔다.

돈을 내미는데 아주머니가 한사코 한 그릇 값만 받겠단다. 실랑이 끝에 두 그릇 값을 지불하기로 했다. 음식 맛뿐 아니라 후덕한 인심 또한 우리와 닮았다.

다람살라에 머무는 내내 그 집을 찾았다. 영어를 못하는 아주머니와 티베트어를 못하는 나, 우리는 늘 말이 없다. 아주머니는 멀리서 내 모습이 보이면 큰 대접에 라핑을 듬뿍 담아 놓는다. 바닥이 보일라치면 다시금 라핑을 퍼 담기를 반복하고는 씩 웃는다. 라핑을 입 한가득 우겨넣은 채로 나도 웃는다. 우리는 그렇게 말없이 이야기를 나누었다. 세상에서 가장 진솔하고 따뜻한 대화를.

우리네 청포묵을
빼다 박은 티벳 음식
'라핑'

광신, 그 맹목적 믿음이 낳은 비극

인도
델리 · 아그라

여행의 최대 난관은 뜻하지 않은 재해다. 다행히 인도 여정 중 자연재해 앞에 숨죽일 만한 일은 없었다. 50도가 넘는 불볕더위에 고전하긴 했지만, 이는 단지 불편함에 지나지 않았다. 문제는 인간의 불찰로 불쑥 찾아드는 인재다. 특히 종파와 민족 간 적개심이 빚어내는 테러는 여행자의 목숨마저 위협하는 악재다.

풍성한 볼거리 덕에 북인도의 '골든 트라이앵글'로 불리는 델리 · 아그라 · 자이푸르. 이곳에 가기 며칠 전, 느닷없이 자이푸르에서 폭탄테러 소식이 날아들었다. 어떤 상황에서도 'No problem'을 외치는 현지인조차 자이푸르행을 만류할 정도로 상황은 심각했다. 결국 톱니바퀴처럼 맞물려야 할 골든 트라이앵글 여정은 한쪽 이가 빠진 채 진행됐다.

이번 참사는 힌두교와 이슬람교 양 종파 간 갈등으로 발생했다. 방글라데시에 거점을 둔 이슬람 분리주의 무장단체가 자신들의 소행이라 주장한 폭탄테러로 80여 명의 무고한 목숨이 희생된 것이다.

인도에서 두 종교의 반목은 어제오늘 일이 아니다. 1947년 영국으로부터 독립한 인도는 종교의 갈등을 극복하지 못하고, 힌두교 중심의 인도와 이슬람교 중심의 파키스탄 · 방글라데시로 갈라졌다. 이후 국경지대인 카슈미르를 비롯해 곳곳에서 상대 종교를 향한 무차별 테러가 끊이질 않고 있다.

두 종교의 갈등이 수 세기 동안 켜켜이 쌓여온 점에 비추어, 당장 해결점을 찾기란 힘들어 보인다. 델리와 아그라에서 바라본 역사의 흔적이 이를 증명한다.

골든 트라이앵글의 두 축인 델리 · 아그라의 유적은 하나같이 이슬람교와 관련된 것들이다. '붉은성', '후마윤의 무덤', '꾸뜹 미나르' 등 델리를 대표하는 상징물과 '타지마할', '아그라성' 등 아그라의 유적 모두 16세기 초부터 인도를 지배했던 이슬람 왕조인 무굴제국(1526~1858)의 작품이다.

무굴제국은 당시 힌두 문화권이던 인도를 송두리째 집어삼킬 정도로 강성했다. 이들은 이슬람교의 승리를 기념하기 위해 힌두사원을 파괴하고, 그 위에 모스크와 승전탑을 지었다. 다시 힌두교가 패권을 쥔 오늘날, 이슬람 문화의 잔재를 바라보는 힌두

인의 시선이 고울 리가 없다

두 종교의 대립으로 델리와 아그라를 여행하는 내내 삼엄한 검문 · 검색이 이어졌다. 자이푸르 폭탄테러와 맞물려 분위기는 더욱 살벌했다.

수많은 인파를 상대로 일일이 몸수색을 하는 통에 유적지에 들어서기까지 하세월을 보내야 했다. 온몸을 샅샅이 훑은 후 이어지는 소지품 검사. 끓어오르는 뙤약볕 아래 가방 속 내용물을 파헤치길 반복하느라 유적지를 돌아보기도 전에 몸과 마음이 지치고 말았다. 심지어 시내에 있는 극장이나 상점에 들어갈 때조차 삼엄한 검색대를 통과해야 했다.

행동 하나하나에 감시의 눈초리가 쏟아지자, 마치 사지가 묶인 기분이 들었다. 내적인 자유와 행복을 위해 태동한 종교가 도리어 인간을 구속하는 모순적인 상황이 펼쳐지고 있는 셈이다.

그 어떤 종교도 다른 종류의 믿음을 배격하고, 파괴할 권리는 없다. 종파를 막론하고 모든 종교가 이웃을 사랑하고, 베풀며 살도록 가르치고 있지 않은가. 인도를 포함해 지구촌 곳곳에서 발생하는 종교분쟁은 비뚤어진 종교관이 낳은 '사이비 믿음' 에 불과하다.

법정스님의 말이 귓전을 맴돈다.

"종파를 물을 것 없이 '광신' 은 그 자체가 독성을 지닌다. 인간이 이성을 잃고 맹목적인 열기에 들뜨면 종교의 보편성을 망각하게 된다. 마치 한쪽 가지만을 붙들고 오로지 그것만이 나무 전체라고 고집하는 것과 같다. 더 직선적으로 말한다면 진정한 종교인은 종교 그 자체로부터 자유로울 수 있어야 한다."

무굴제국의 전성기를 상징하는 건물인 만큼
붉은성에는 무슬림 관광객이 많다.

타지마할의 가슴 저린 사연

'인도를 대표하는 건축물', '세계에서 가장 아름다운 대리석 건물', '정방형 대칭의 미학' 등 아그라의 타지마할을 수식하는 용어는 화려하다. 하지만 정작 타지마할이 세인의 발길을 잡아 끄는 것은 이 같은 명성 뒤에 숨은 가슴 저린 사연 때문이다.

타지마할은 무굴제국의 제5대 황제였던 샤 자한이 자신의 아내 뭄타즈 마할을 위해 지은 무덤이다.

아내에 대한 사랑이 각별했던 샤 자한은 뭄타즈 마할이 출산 도중 목숨을 잃자, 머리가 하얗게 셀 정도로 깊은 슬픔에 빠졌다고 한다. 아내에 대한 변함없는 사랑을 증명하려는 듯 그는 천문학적인 공사비와 22년이라는 긴 세월을 들여 타지마할을 건설한다.

그러나 항상 무덤 곁에서 아내를 지키겠다는 샤 자한의 애틋한 마음은 오래가지 못한다. 무리한 공사로 나라가 휘청이자, 아들 아우랑제브가 그 책임을 물어 아버지 샤 자한을 아그라 성에

감금한 것.

먼발치에서 아내를 그리다 쓸쓸히 생을 마감한 샤 자한은 결국 죽고 나서야 아내 곁에 묻힐 수 있었다.

무굴제국의 제5대 황제였던 샤 자한이
자신의 아내 뭄타즈 마할을 위해 지은 무덤, 타지마할

가난하지만 행복한 나라?

인도
어느 시골 마을

인도를 여행한 이들의 반응은 극명하게 갈린다. 가난과 더러움에 진저리를 치거나 혹은 문명에서 비켜선 낯선 풍경을 동경하거나. 전자는 물질에 우선 가치를 둔 천박한 '배금주의'가, 후자는 당사자의 입장을 고려하지 않은 이기적 '목가주의'가 낳은 평가라 할 수 있다. 이들 모두 어느 한쪽에 편향됐다는 점에서 사고의 전환을 필요로 한다.

다행히 천박한 '배금주의'에 따른 선입관은 많이 줄어드는 양상이다. 가파른 세계화와 미디어의 발달로 다른 문화를 접할 기회가 늘고, 이것이 곧 '타자'에 대한 이해로 이어진 덕분이다. 내가 본 대부분의 여행자들 역시 세계 최빈국인 인도의 열악한 현실을 혐오하기보단 이해하려 애썼다.

문제는 이기적 '목가주의'에 있다. 의외로 많은 여행자가 범하는 오류지만, 얼핏 긍정적으로 그려지는 허상 때문에 이를 깨닫지 못하는 경우가 많다.

'목가주의'란 현대화 속에서 사라져가는 옛 정취, 이를테면 시골이나 전원생활을 그리는 것을 말한다. 흔히 인도를 '가난하지만 행복한 나라'라고 일컫는다. 인도 하면 떠오르는 이미지 역시 머리를 산발한 구도자나 소와 사람이 뒤섞인 들녘이다. '이기적'이란 수식어를 붙인 이유는 이러한 이미지가 당사자인 인도인의 의사와는 상관없이 3자가 미화한 측면이 크기 때문이다.

이기적 '목가주의'가 위험한 이유는 무엇일까? 아주 우연한 계기로 나는 이 문제에 대해 진지하게 생각해 보게 됐다.

인도에서 신혼여행지로 유명한 북부 휴양도시 마날리로 향하던 중 한 서양여행자를 만났다. 으레 하는 눈인사와 통성명이 오간 뒤 대뜸 그가 나의 인도 여행지에 대해 물었다.

"바라나시, 델리, 다람살라, 아그라……."

내가 몇 마디 채 내뱉기도 전에 말허리를 잘라내더니 그가 퉁을 놓았다.

"잠깐만요, 온통 발전한 도시들뿐이네요. 거긴 인도가 아니랍니다. 유감스럽게도 당신은 진짜 인도를 경험하지 못했군요."

그는 듣도 보도 못한 지명을 줄줄이 열거한 후 말을 이었다.

"내가 다녀온 곳들은 여행 관련 책자에도 나오지 않는 그야말로 시골 중에서도 오지예요. 전기는 물론 물도 제대로 안 나올 정도로 가난하지만, 모두들 행복해 보였어요. 심지어 걸인들조차 웃음을 잃지 않았지요. 제가 본 것이 인도의 진짜 모습이에요. 앞으로도 인도가 계속 그랬으면 좋겠어요. 건물이 들어서고 자동차가 늘어가는 모습을 보면 인도가 점점 사라지는 것 같아 안타까워요."

'당신이 본 것은 인도가 아니다…….' 나의 인도 여행을 통째로 부정해버린 그의 말에 머릿속이 복잡했다. 그렇게 화두를 던진 채 그는 종종걸음으로 사라졌다.

심란한 와중에 마드야쁘라데쉬 주의 이름 모를 시골마을에 들를 기회가 생겼다. 흙과 지푸라기를 얽어 만든 허술한 토담집, 전기가 들어오는 건 고사하고 마을의 유일한 교통수단이 소달구지일 정도로 열악한 환경의 오지였다.

특히 4년째 극심한 가뭄을 겪고 있는 탓에 마을은 물과 전쟁을 치르고 있었다. 부녀자와 아이들은 이른 아침부터 마을에서 2km나 떨어진 우물까지 물을 길러 다녔다.

한 소년의 길 안내를 받아 우물을 찾았다. 마를 대로 말라 바닥을 드러낸 우물. 그 속에는 코를 자극하는 썩은 물이 벌겋게 고여 있었다. 하지만 유일한 젖줄인 만큼 아무도 개의치 않고 물을 떠가고 있었다. 사정이 이러니 어쩌다 한 번씩 물을 지원하는 살수차가 오는 날이면 마을 어귀는 아수라장이 되곤 했다.

동양에서 온 이방인이 낯선지 내 주위로 반라의 아이들이 모여들었다. 주요 부위만 살짝 가렸을 뿐 옷은 때 묻은 넝마에 가깝다. 먹을거리를 달라며 내미는 고사리 손엔 곪아터진 종기와 부스럼이 가득하다. 오염된 물이 아이들의 여린 피부를 갉아먹고 있지만, 병원은커녕 변변한 약국조차 없는 곳에서 치료는 요원하기만 하다.

아이들이 흩어지자 이번엔 장사치와 걸인들이 몰려왔다. 행상 중엔 열대여섯으로 보이는 소년들이 많았다. 그들에게 왜 학교에 가지 않느냐는 바보 같은 질문을 던졌다. 하루하루 먹고 사는 문제가 시급한 마당에 학업은 사치일 뿐인 것을.

원하는 바를 성취한 이들 모두 웃는 낯이다. 초콜릿과 사탕을 쥔 아이도, 단돈 1루피를 받아 든 걸인도, 바나나 한 묶음을 판 소년도 만족스런 미소를 짓는다. 서양여행자가 말한 그대로다.

이들은 과연 삶이 행복해서 웃는 것일까? 아니, 그저 생존에 필요한 기본적인 욕구가 충족된 데 따른 미소일 뿐이다.

인도의 1인당 평균 소득은 한 달에 6만 5천원에 불과하다. 그마저 평균 소득에도 한참 못 미치는, 말 그대로 '입에 풀칠하기'조차 힘든 극빈층이 전체 인구의 40퍼센트에 달한다. 이들 대부분이 농촌에 거주하고 있다.

이뿐인가. 무지에 따른 전염병의 확산으로, 인도는 에이즈와 영 · 유아 사망률 수치가 세계 최고 수준이다. '사티(남편이 죽으면 아내를 산 채로 화장하는 힌두교의 악습)' 와 '카스트(신분제도)' 의 폐단도 여전하다. 이 모든 게 이기적 목가주의자들이 동경해 마지않는 인도 농촌의 현실이다.

이기적 목가주의에 사로잡힌 이들 대부분은 문명의 혜택을 톡톡히 누리고 있다(여행, 특히 해외여행이란 것이 삶의 여유가 뒷받침되지 않으면 불가능한 것이기에). 경제적 풍요를 바탕으로 의료, 교육, 문화 등의 복지정책에 길들여진 이들은 휴가나 방학을 이용해 어쩌다 한 번 인도와 같은 가난한 개발도상국을 찾는다. 그들 나라에선 볼 수 없는 생경한 풍경, 이를테면 벌거벗은 아이들, 쓰러져가는 토담집 등을 사진에 담고 저마다 의기양양하게 말한다.

"가난하지만 웃고 있잖아. 정신적으로 행복하기 때문이야. 건물이나 자동차가 들어서고 문명화가 진행되는 게 안타까워. 이런 모습들이 보전돼야 하는데……."

여행자에게도 지켜야 할 윤리란 게 있다. 현지인의 삶을 미화하거나 폄훼하는 것 모두 그 윤리에 어긋난다. 여행자의 시각이 흐려질 때, 한 사회가 처한 현실을 왜곡하는 우를 범하게 된다. 이기적 목가주의자처럼.

흙과 나무를 엮어 만든 토담집 사이로
마을의 유일한 교통수단인 소달구지가 지나가고 있다.

권력을 쫓는 외침, 'Orcha!'

인도 오르차

'나 홀로 여행' 은 지독하게 외롭다. 이른 아침 눈을 떠, 잠자리에 들기까지 철저히 혼자다. 오가다 만난 여행자끼리 말벗이 되기도 하지만, 짧은 만남 뒤 찾아오는 고독은 더 짙다. 행여나 몸이라도 아플라치면, 숙소에 덩그렇게 내동댕이쳐진 서러움에 눈물을 쏟기 일쑤다.

그럼에도 '나 홀로 여행' 은 자유로워 행복하다. 그저 발길 닿는 곳이 목적지요, 멎는 곳이 휴식처다. 이름이 알려진 유적지라도 끌리지 않으면 그만이요, 이름 없는 황무지라도 내 마음이 동하면 그곳이 곧 명소가 된다. 여행을 계획하고, 이끌어가는 주체가 온전히 '나' 이기에.

인구 2,000여 명 남짓의 작은 마을 오르차(Orcha)는 '나 홀로 여행' 의 가치를 깨닫게 해준 곳이다. 인도의 최대 관광도시로 꼽히는 아그라와 카주라호 사이에 위치해, 많은 이들이 두 도시를 여행하다 그저 하루쯤 쉬어가는 오르차. 하지만 징검다리 삼아 스쳐 지나기엔 그곳의 매력이 너무 컸기에, 무작정 머물러 보기로 결심했다.

이름난 볼거리를 포기하면서까지 오르차를 택한 이유는 모순적이게도 마을이 황량하고 쓸쓸했기 때문이다. 오르차는 적은 인구에 비해 마을 규모가 꽤 큰 편이다. 끝이 보이지 않을 정도로 넓은 들녘은 나무 한 그루, 풀 한 포기 없는 메마른 땅이다. 하지만 눈이 지루해질 쯤이면, 중세풍의 거대한 궁전이나 사원이 나타나곤 한다.

아무것도 없는 들녘에 뜬금없이 자리한 과거의 유산. 게다가 이들 대부분은 이미 무너져내려 형태만 남아 있거나, 곧 내려앉을 듯 위태로운 자태로 서 있다. 황무지와 폐허가 빚어내는 묘한 분위기는 명승고적지로 향하던 내 발목을 잡기에 충분했다.

지금은 허허벌판에 불과하지만, 오르차는 한때 권력의 정점에 섰을 정도로 화려한 전성기를 맞았던 곳이다.

17세기 초 이슬람 왕조인 무굴제국이 인도를 호령하던 시기, 수도 아그라에서 반란이 일어난다. 주동자는 악바르 황제의 아들인 살림 왕자. 부자간의 반목이 초래한 반란은 단 4개월 만에 아버지의 승리로 끝난다.

오르차에 머무는 내내 무너진 성벽에 올랐다.
드문드문 폐허가 된 유적을 보고 있노라면, 쓴웃음이 배어 나왔다.
'Orcha!', 그들이 안간힘으로 잡으려 했던 권력의 실체는
무너진 돌무더기처럼 허망한 것을.

진압군의 추격을 피해 남하하던 살림 왕자는 현재 오르차 지역에 있던 분델라 왕조를 찾는다. 당시 분델라의 마하라자(Maharaja, 지방 소국의 지배자)였던 비르 싱 데오는 살림 왕자의 방문으로 깊은 고민에 빠진다. 반란자를 숨겼다 들통날 경우 목숨을 부지하기 힘들 게 뻔하고, 그렇다고 현상금 몇 푼에 제국의 왕자를 넘기기도 뭔가 꺼림칙했던 것이다.

결국 마하라자는 살림 왕자에게 모든 것을 걸기로 마음먹었다. 그의 판단은 주효했다. 3년 후 악바르 황제가 죽고, 살림 왕자가 차기 황제로 등극한 것.

이때부터 오르차는 황금시대를 맞는다. 자신의 목숨을 보전해준 대가로 황제는 지방의 소국에 불과했던 이곳에 무려 55개에 달하는 궁전과 성을 지었다. 또한 황제는 수시로 이곳을 찾아 사냥을 즐기는 등 분델라 왕조와의 친분을 과시했다.

오르차란 지명 역시 당시 사용하던 사냥 용어에서 비롯됐다. 그 의미는 'Go and catch', 황제가 사냥감을 향해 활을 쏜 후 사냥개에게 'Orcha!'라고 외치던 것이 그대로 지명으로 굳어진 것이다.

그러나 '열흘 붉은 꽃 없고, 십 년 권세 없다'는 진언은 동서고금을 막론하고 적용되는 말이다. 화려한 시대를 맞던 오르차는 자신들을 비호하던 황제가 죽고 난 후 나락의 길로 접어든다.

새로운 권력 앞에 모든 특권을 빼앗긴 마하라자, 그는 생애 두 번째로 목숨을 건 도박을 한다. 무굴제국을 상대로 역모를 꾀한 마하라자는 결국 패배의 쓴맛을 보게 된다.

그 대가는 잔인했다. 하늘 높은 줄 모르고 치솟던 궁전과 사원은 철저히 파괴되고, 성 안팎은 잿더미가 됐다. 지금 오르차의 휑한 정경은 당시의 처참함을 그대로 간직하고 있다.

오르차에 머무는 내내 무너진 성벽에 올랐다. 드문드문 폐허가 된 유적을 보고 있노라면, 쓴웃음이 배어 나왔다.

'Orcha!' , 그들이 안간힘으로 잡으려 했던 권력의 실체는 무너진 돌무더기처럼 허망한 것을.

내 머릿속
호두 껍데기 부수기

시리아

편견은 잔인하다. 대상을 생각의 틀에 가둔 채 멋대로 재단하기 때문이다. 스스로 경험하지 않은 상태에서 외부의 목소리, 특히 언론처럼 공신력으로 무장한 기관을 맹신할 경우 편견의 벽은 더욱 견고해진다.

한번 굳어진 편견은 좀체 무너지지 않는다. 마치 딱딱한 껍데기에 쌓인 견과류 같다. 그 외벽을 깨기 위해선 커다란 충격이 필요하다. '망치' 로 호두 껍데기를 두드리듯, '경험' 이란 공이로 힘차게 두드려야 한다.

돌이켜 보면, 시리아 여행은 내 머릿속 호두 껍데기를 부수는 과정이었다.

서구 언론의 편향된 보도와 이를 여과 없이 전하는 국내 언론에 익숙한 탓에 시리아 여행을 앞두고 두려움이 밀려왔다. '악의 축', '불량국가', '인권 사각지대' 등 어느 결에 내 안에 형성된 살벌한 이미지가 발걸음을 무겁게 했다.

터키의 국경도시 안타키아에서 육로를 통해 시리아 쪽 알레포로 넘어오는 내내 흉흉한 생각이 꼬리를 물었다. 상상 속에서 나는 과격한 이슬람 근본주의자에게 끌려가 개종을 강요당하거나, 테러리스트에게 납치당한 후 갖은 고문에 시달리는 처지에 놓이곤 했다. 머리를 흔들어 도리질 쳐보지만, 망상은 쉬 물러가지 않았다.

그러는 사이 시리아 국경을 통과한 버스가 길 한편에 정차했다. 곧 차장이 낯선 아랍어로 뭐라 뭐라 소리친다. 사람들이 짐을 꾸리더니 하나 둘 내리기 시작했다. 현지인만 가득한 탓에 영어가 통하질 않았다. 상황으로 짐작컨대 여기서 다른 버스로 갈아타라는 말인 듯했다. 다른 이들의 꽁무니를 좇아 밖으로 나오자, 황톳빛 중동 풍경이 시선을 압도했다.

간이 정류소엔 변변한 의자 하나 없었다. 바닥에 주저앉은 채 기약 없이 버스를 기다렸다. 지평선 너머 지는 해를 바라보는데, 지나가던 차 한 대가 내 앞에 멈춰 섰다. 운전자가 차에 타라는 신호를 보냈지만, 덜컥 겁이 나 대꾸조차 하지 않았다. 그는 무안한 듯 웃음을 지으며 자리를 떠났다. 두 번째는 트럭이다. 여지없이 나는 험한 인상으로 손사래를 쳤다.

버스를 기다리는 30분 동안 스무 대 가량의 차를 상대로 같은 일을 반복했다. 그러고 나서야 깨달았다. 그들이 낯선 이방인을 도우려 했다는 사실을. 저물녘 허허벌판을 서성이는 내게 대가 없이 차편을 제공하려 했다는 것을. 괜한 의심을 했던 것에 미안한 마음이 들었다.

국경에서 마주한 시리아인의 호의는 시작에 불과했다. 알레포와 하마, 다마스쿠스 등 시리아 주요 도시를 여행하는 동안 나는 현지인의 따뜻한 마음을 온몸으로 느낄 수 있었다.

하마에선 단 한 번도 버스나 택시를 이용한 적이 없다. 손짓만 하면 지나가던 차가 멈춰 섰기 때문이다. 같은 방향이면 그들은 어김없이 나를 태워주었다. 커피나 차를 돈 내고 마신 기억도 별로 없다. 거리를 걷다보면 발길을 붙잡고 차 한 잔 마시고 가라는 상점 주인이 지천이었기 때문. 행여나 길이라도 물어볼라치면 서로들 데려다주겠다고 아우성이었다. 동양인이 마냥 신기했는지 아이들은 내게서 눈을 떼지 못했다.

해맑은 미소로 이방인을 환대하는 아이들

그러면서도 웬일인지 흘끔거릴 뿐 쉽게 다가오지 않았다. 수줍은 탓이다. 그저 먼발치에서 바라보다 눈길이 마주치면 세차게 손을 흔들었다. 그 모습이 해맑았다.

여정을 통틀어 가장 착한 민족을 꼽으라면 난 주저 없이 시리아인을 택할 것이다. 그들이 내게 베푼 환대와 호의를 생각하면 당연한 일이다.

누군가 이들에게 '악의 축' 이란 주홍글씨를 새겼다. 특정 세력에게 쓰일 법한 용어가 한 나라를 통째로 옭아맸다. 그때부터 이 나라 국민 전체가 악의 무리처럼 여겨졌다. 시리아를 여행하기 전 내 속에 자리했던 편견만 보더라도 알 수 있다. 위정자들의 정치적 논리에 따라 선량한 시리아인은 하루아침에 폭력적인 민족으로 낙인찍혔다. 안타까운 일이다.

시리아를 여행한 후 나는 편견의 무서움을 새삼 깨달았다. 일방적으로 전해지는 정보에 매달려 왜곡된 시선으로 시리아를 바라봤다는 생각에 소름이 돋았다. 얼룩진 창으론 제대로 된 풍경을 감상할 수 없다. 마찬가지로 생각의 창에 덕지덕지 붙은 편견의 때를 벗겨낼 때 비로소 창 너머 진실이 보인다. 시리아가 내게 준 소중한 교훈이다.

시리아 중부 도시 하마의 풍경

버스가 사라졌다!

시리아에서 요르단으로 이어지는 중동 여행의 백미는 역시 '잃어버린 도시' 로 알려진 페트라다.

요르단 와디무사의 페트라는 중동과 북아프리카의 교차점에 위치, 선사시대부터 수백 년 동안 상업의 중심지로 호황을 누렸다. 나바테아인이 건설한 이 카라반의 도시는 6세기경 역사에서 모습을 감춘다. 여러 가설 중 지진 때문이라는 주장이 설득력을 얻고 있다. 페트라는 1812년, 무려 1,200년 만에 다시 세상에 모습을 드러냈고 이후 스티븐 스필버그 감독의 영화 〈인디아나 존스–마지막 성배〉의 배경지로 그 이름을 널리 알리기 시작했다.

페트라로 향하는 여정은 험난함의 연속이었다. 영화 속 인디아나 존스처럼 나는 고대도시를 찾기까지 숱한 우여곡절을 겪어야 했다.

페트라를 보기 위해선 먼저 시리아의 수도 다마스커스에서 요르단 수도인 암만으로 가야 했다. 가난한 배낭여행자에게 그림의 떡인 항공편을 제외하고 양 도시를 잇는 대중교통은 버스가 유일하다. 명색이 국경을 넘는 국제버스지만 그 체계가 제대로 잡혀 있지 않다. 편수도 얼마 없을 뿐더러 소요시간도 들쭉날쭉하다.

어느 나라건 이런 틈새시장을 공략하는 이들이 있기 마련. 우리로 치면 장거리 총알택시에 해당하는 자가용 운수업자들이 양 수도를 연결한다. 버스보다 1.5배 정도 비싸지만 소요시간은 버스의 절반에도 못 미칠 정도로 빠르다. 시간을 금쪽같이 여기는 배낭족들에게 매력적인 교통수단일 수밖에.

나는 옹기종기 모인 택시 중 하나를 잡아타고 기사의 요구대로 돈을 지불했다. 여기서부터 일이 꼬이기 시작했다. 30분이 지나도 택시가 꼼짝 않는 거였다. 영어가 통할 리 만무하니 영락없이 꿀 먹은 벙어리 신세다. 한참이 지나서도 갈 기미가 안 보인다. 기사에게 곤란한 표정을 지어 보이니 다짜고짜 손가락 네 개를 펴든다. 아뿔싸! 네 명이 찰 때까지 운행을 안 한단 얘기였다. 그게 그 바닥의 법칙인 것을 그제야 깨달았다. 새벽같이 서둘러 나온 보람도 없이 세 시간을 꼬박 버티고서야 택시가 출발했다. 때는 정오를 훌쩍 넘긴 후였다.

택시 때문에 시간을 허비한지라 해가 지고서야 암만에 도착했다. 페트라가 있는 와디무사로 가기 위해선 다시 버스를 타야 했다. 하루 종일 아무것도 먹지 못한 탓에 속이 쓰려왔다. 하지만 와디무사행 버스가 막차였던지라 주린 배를 부여잡고 버스에 올라야 했다.

이번엔 버스가 옴짝달싹하지 않는다. 막차 출발시간은 지난지 오래다. 대충 끼니를 때우고 와도 되는 분위기다. 버스정류장 입구의 케밥집을 떠올리자 배고픔이 파도처럼 밀려왔다. '희망고문' 이 따로 없다. 고민 끝에 잽싸게 입구로 뛰어가, 시계를 가리키며 케밥집 주인을 다그쳤다. 포장이 채 끝나기도 전에 케밥을 낚아채고는 부리나케 달렸다. 다행이다. 버스는 그 자리에 우직하게 서 있었다.

버스에 오르기 무섭게 게걸스럽게 케밥을 먹어치웠다. 행복했다. 한숨 돌리고 나자 아랫배가 슬슬 아프기 시작했다. 난감했다. 참으려 발버둥칠수록 소화력 왕성한 나의 뱃속은 방금 삼킨 케밥 덩어리를 가차없이 밀어내고 있었다. 사막을 횡단하는 중동 버스다. 일단 출발하면 휴게소 따위는 기대할 수 없다. 무조건 해결해야 한다는 생각이 들어 다시 뛰었다. 정류소 한편의 화장실에서 한바탕 일을 치른 뒤, 대충 옷을 추스르고 나왔는데 눈앞이 캄캄했다. 버스가 사라진 것이다. 가난한 여행자의 1년치 생필품을 실은 채로.

죽으란 법은 없나보다. 여행을 통틀어 가장 고마운 은인이 '짠' 하고 나타난 것이다. 버스정류장 관리인으로 보이는 사람이 다가와 울상인 나를 보고는 무슨 일인지 물었다. 패닉 상태에

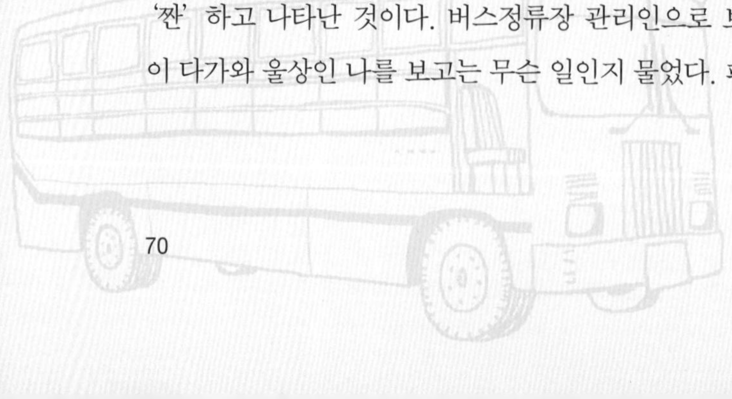

빠진 탓에 말도 제대로 안 나왔다.

"버스, 페트라, 화장실, 사라졌다."

횡설수설하는 내 말을 알아들었나 보다. 어디선가 낡은 군용 트럭을 몰고 오더니 타란다. 추격전이 벌어졌다. 버스의 이동경로를 정확히 아는지 그는 차선을 바꿔가며 맹렬히 달렸다. 20여 분을 달렸을까. 먼발치에서 신호대기 중인 버스가 보였다. 버스 꽁무니에 붙어 경적을 울려댄 끝에 차를 세울 수 있었다. 갓길에 정차한 버스에 오르자 기사가 '씩' 하고 웃는다. 이보다 더 능글맞을 순 없다. 인원체크도 안 하냐고 따져 물으려다 자리에 털썩 주저앉았다. 정신을 차리고 보니 날 데려다준 은인이 떠올랐다. 경황이 없던 터라 이름조차 묻지 못했다.

앞으로 또 중동에 갈 일이 있을지 모르겠다. 기회가 닿는다면 요르단 암만에서 그를 찾아 큰절이라도 올리고 싶은 마음이다. 버스터미널에서 일하는 키 175cm 가량의 호리호리한 몸매, 수염이 얼굴을 뒤덮었던 아무개 씨께 진심으로 감사드린다. 당신은 나의 영웅이다.

난징조약이 낳은 쌍생아

중국
상하이·홍콩

두 도시 모두 오랜 시간 영국의 지배를 받은 전력 때문일까. 중국 여정의 첫 관문인 홍콩과 상하이는 닮은 구석이 많다. 1842년 아편전쟁에서 영국에 패한 청나라는 홍콩을 통째로 할양하고, 상하이를 개방한다는 내용의 난징조약을 체결했다. 당시 중화사상에 안주해 있던 중국의 입장에서 치욕스런 조약이었다.

난징조약이 낳은 '쌍생아'는 이후 철저히 '유럽화 과정'을 거쳤다. 그 흔적은 중국이 지구촌 정세를 좌지우지할 만큼 성장한 현재까지 고스란히 남아 있다.

당시 영국은 상하이에 외국인 거주지역인 '와이탄'을 조성, 근대 유럽의 건축양식을 그대로 옮겨 놓았다. 런던의 시계탑인 'Big ben'을 본뜬 상하이 세관, 그리스 신전 양식을 모방한 상하이 푸둥 발전은행 등 상하이에는 유럽 건축의 사조인 아르데코 풍의 건물이 넘쳐난다. 150년 간 영국령에 속해 있다가, 고작 10여 년 전 중국으로 반환된 홍콩은 그야말로 영국의 소도시다.

두 도시는 현재 외국인 관광객으로 발 디딜 틈이 없다. 특히 중국이란 '파이'를 놓고 각축전을 벌였던 유럽 열강의 후손들은 선조들이 건설해 놓은 식민지 관람에 여념이 없다.

런던의 시계탑인 'Big ben'을 본뜬 상하이 세관. 난징조약 이후 영국은 상하이에 외국인 거주지역인 '와이탄'을 조성, 근대 유럽의 건축양식을 그대로 옮겨 놓았다.

해마다 엄청난 관광객을 불러 모으는 만큼, 중국 정부 역시 대대적인 홍보를 통해 파란 눈의 이방인을 환영하고 있다. 치욕의 현장이 오히려 든든한 수입원으로 거듭난 셈이다.

홍콩과 상하이는 중국의 이중성을 보여준다는 측면에서도 닮아 있다.

상하이의 상징인 대형 방송관제탑 동방명주(東方明珠)에 자리한 상하이 역사박물관. 이곳에는 상하이의 뼈아픈 과거가 담긴 자료가 가득하다. 난징조약 체결을 전후한 150년간의 자료는 서구 열강의 침략행위를 은연중에 비판하고 있다. 또 중국 정부는 지난 시절 홍콩을 차지하기 위한 영국의 무력 침탈이 부당했음을 국제사회에 적극 호소한 바 있다.

하지만 '하나의 중국'이란 지극히 한족 중심적 사고에 사로잡혀 있는 중국은 최근 티베트 독립운동을 무력으로 탄압, 스스로 논리를 뒤집고 있다. 상하이의 숙소에서 같은 방에 머물렀던 북경 출신의 한 대학생에게 티베트 사태에 대해 묻자, "중국 문제에 외국인들이 간섭하는 것은 옳지 않다."라고 잘라 말했다. 그는 엄연한 독립국이던 티베트를 무력으로 지배하고도, 잘못을 인정하지 않는 중국을 대변하고 있었다. 그는 또 중국 정부의 노력 덕에 티베트의 경제 수준이 많이 좋아졌다고 덧붙였다. 귀에 익은 소리였다.

티베트 사태가 불거지고 세계 각국이 소수민족에 대한 중국의 정책을 비난하자, 중국 정부가 나서 자국 내 소수민족이 경제 발전의 혜택을 누리고 있다고 홍보한 것과 판에 박은 듯 같은 대답이었다.

그렇다면 짧은 기간 중국에 체류하는 동안 내가 본 소수민족의 삶은 어떻게 설명해야 할까?

번화한 상하이의 관광 지역에는 어김없이 길바닥에 앉아 장신구를 파는 소수민족들이 넘쳐났다. 외국인과 내국인 여행객 사이를 돌아다니며 광주리의 과일을 파는 이들도 모두 한족과는 생김이 확연히 달랐다.

어슴푸레 어둠이 깔리고 휘황찬란한 상하이의 야경이 시작될 즈음, 전통 악기를 연주하며 돈을 구걸하던 노인도 소수민족이었다. 황푸강변 산책로에서 새까만 손으로 바짓가랑이를 붙들고 손을 내밀던 아이도 분명 소수민족의 후예였다.

용의 발톱은 몇 개일까?

상하이 구시가지에 '예원' 이란 정원이 있다. 명청시대 양식으로 그 섬세함과 아름다움이 중국 정원 중에서도 으뜸으로 인정받아 연중 관광객이 끊이지 않는 명소다. 이 예원에 얽힌 이야기가 재미있다.

명나라의 관료였던 반윤단이란 인물이 1559년 그의 아버지를 기쁘게 하고자 이 정원을 지었단다. 효심이 지나쳤던 탓일까. 그는 당시 황제의 상징으로 오직 황실에서만 사용할 수 있는 용 문양을 정원의 벽면에 새겼다.

이 소문은 삽시간에 퍼졌고, 대신들은 반씨 가문이 반란을 일으켜 황제 자리에 오르려 한다고 입을 모았다. 결국 역모를 꾀한 혐의로 황실에 붙잡혀 간 반윤단은 다음과 같은 기지로 목숨을 보전하고, 관직도 유지할 수 있었다고 한다.

"역모라니 가당치 않습니다. 저희 정원에 새긴 것은 용이 아닙니다. 단지 비슷하게 생겼을 뿐 자세히 보면 발톱이 3개뿐이지 않습니까? 용은 자고로 발톱이 5개인 영물입니다. 따라서 이는 용이 아닙니다."

실제 예원 벽면에 장식된 용의 발톱은 3개였다. 야사에 따르면 당시 석공의 실수로 용의 발톱이 3개만 조각됐다니, 인생사 새옹지마란 말이 딱 맞는 듯하다.

예원을 둘러싼 벽면에는 발톱이 3개인 용 문양이 화려하게 조각되어 있다.

마천루와 자금성의 어색한 동거

중국 베이징

베이징 여행은 시작부터 험난했다.

상하이발 열차는 자정께 낯선 역에 이방인을 떨쳐놓고 저만치 달아났다. '탁탁' 하고 뭔가를 두드리는 소리가 역 안에 진동한다. 거센 빗줄기가 유리창을 때리는 소리다. 암담하다. 낯선 곳에서 한밤중 덩그러니 남겨진 것도 모자라 세찬 비까지.

여정 중 가장 힘든 점은 낯선 곳으로의 이동이다. 숙소부터 교통체계, 먹거리까지 어느 것 하나 정해진 것 없이 새로 시작해야 하기 때문이다. 더구나 지금처럼 한밤중에 도착한 경우 안전 문제도 신경 쓰인다. 소매치기, 퍽치기, 장기매매 등 베이징을 둘러싼 흉흉한 소문이 귓전을 맴돌더니, 다리가 맥없이 풀린다.

북적대던 역사가 점차 고요해졌다. 인파가 줄어들수록 불안감은 곱절이 된다. 수첩에 괴발개발 휘갈겨둔 번호로 전화를 걸었다. 비가 오는 탓일까 역 근처의 숙소는 모두 만원이다. 키만큼 커다란 배낭을 앞뒤로 두른 채 빗속을 뚫고 무작정 걸었다. 우산도 우의도 없이 그냥 내리는 비에 몸을 맡겼다.

그때였다. 승용차 한 대가 멈춰서더니 라이트를 깜박인다. 베이징행 기차에서 옆자리에 앉아 알게 된 아주머니가 창문 사이로 고개를 내민다. 구세주다. 배웅 나온 남편 차로 집으로 가던 중 나를 발견하고 차를 세운 것이다. 자신이 아는 숙소에 전화를 걸어 방을 잡아준 뒤, 친히 차로 데려다 주었다. 눈물이 핑 돌 정도로 고마웠다.

간밤에 시달린 탓일까. 해가 머리 꼭대기에 앉을 때까지 곯아떨어졌다가, 여느 때와 같이 지도 한 장만 달랑 든 간소한 차림으로 숙소를 나섰다.

햇살이 요란하다. 참 변덕스런 날씨다. 어둠과 비구름이 걷힌 베이징은 거대하고 역동적인 도시였다. 마천루 사이를 바삐 걷는 인파와 함께 번화한 쇼핑가를 걷자니, '인민공화국' 이란 사회주의 용어가 무색하게 여겨졌다.

급속한 현대화와 산업화가 지어올린 마천루와 함께 자금성, 만리장성, 이화원 등 옛 유물의 편린이 어색하게 동거 중인 베이징. 13억 대국의 용틀임을 상징하는 이곳은 그해 8월 하계올림픽을 앞두고 분위기가 한껏 고조돼 있었다.

웬만한 건물은 모두 올림픽을 맞아 새 단장 중이다. 도시 전체가 공사판이라 할 수 있을 정도다. 거리에는 베이징 올림픽 홍보물이 쏟아져 나와 있다. 세계적 기업의 후원 광고가 건물 벽면과 전광판을 도배하고, 상점에는 올림픽 마스코트와 기념주화, 'I LOVE CHINA'가 새겨진 기념품이 넘친다. TV 역시 한목소리로 올림픽의 청사진을 보여주느라 바쁘다. 중국인 모두가 한마음 한뜻으로 올림픽 개최에 정력을 모으고 있는 것이다.

급속한 현대화와 산업화가 지어올린 마천루와 함께 자금성, 만리장성, 이화원 등 옛 유물의 편린이 어색하게 동거 중인 베이징

얼마 전 외신을 통해 접했던 뉴스가 생각나 고개를 주억거리게 된다. 티베트에 대한 중국인의 관용을 주장했다가 매국노로 전락한 미국 듀크대의 한 중국 여대생, 티베트 사태를 까발린 서방 언론을 겨냥한 중국 네티즌의 테러, 특정 국가 업체에 대한 집단 불매운동 등 이곳 베이징의 상황을 보니 다른 목소리에 대한 중국인의 집단 따돌림은 이미 예정된 일인 듯했다.

중국인에게 올림픽은 단순히 지구촌 스포츠 제전의 차원이 아니다. 1989년 천안문사태 이후 마르크스·레닌주의의 한계를 깨닫고 민족주의를 표방해온 중국 정부는 바야흐로 이번 올림픽을 계기로 새로운 이데올로기를 완성하려는 듯하다. 그런 만큼, 티베트 사태 등 인권문제를 거론하는 자체가 금기시되는 분위기다. 기업이든 사람이든 자국의 각성을 촉구하는 모든 대상은 적으로 간주할 태세다.

하지만 힘깨나 쓴다는 국제사회 주요 나라들 모두 중국의 삐뚤어진 국수주의를 선불리 비판하지 못하고 있다. 이는 13억 구매력을 무기로 세계의 시장으로 떠오른 중국의 위상을 반증한다.

하기야 중국의 비유를 맞추느라 티베트 영적 지도자인 달라이 라마에게 비자 발급을 허용치 않는 대한민국 국민이 입이 열 갠들 무슨 할 말이 있으랴마는.

'먹거리 전시장' 에서 '짝퉁 천국' 까지

중국엔 없는 게 없다. 먹거리부터 생활용품에 이르기까지 13억 인구의 다양한 기호에 맞춰 뭐든 맘만 먹으면 뚝딱 만들어낸다.

우선 먹거리를 살펴보자. '네 발 달린 것은 책상 빼고 다 먹는다' 는 우스갯소리처럼 혀를 내두를 만한 요리 재료가 즐비하다.

베이징의 번화가인 왕푸징 거리. 이곳은 우리 식으로 말하자면 '먹자골목' 이다. 특히 다양한 '꼬치구이' 로 유명한데, 애벌레를 비롯해 전갈, 뱀 등 기상천외한 재료들이 미식가들의 입맛을 사로잡고 있다. 적나라하게 튀겨진 각종 재료에 인상을 찌푸리는 것은 외국인 관광객뿐. 현지인들은 남녀노소 할 것 없이 너무도 자연스럽게 꼬치를 이에 문다.

먹거리뿐이랴. 소비대국답게 이곳에는 없는 물건이 없다. 특히 모조품을 뜻하는 '짝퉁' 의 범람은 심각한 사회문제로까지 대두될 정도다. 한때 이 분야에서 선두자리를 굳건히 했던 우리나라는 이제 명함도 못 내밀 판.

베이징 시내를 걷다 우연히 발견한 상점 간판에 눈이 휘둥그레졌다. 'anything is possible' 이란 표어, 분명 어디서 들어본 말이다. 그랬다. 유명 스포츠 업체의 광고 문구인 'impossible is nothing' 을 교묘히 바꾼 것. 설마하고 매장에 들어가니 모든 게 바로 그 유명업체와 비슷했다.

왕푸징 먹자골목에서 불티나게 팔리는
전갈 꼬치구이

강자는 약자의 것을
약자는 더 약한 자의 것을

중국
실크로드

중국 대도시를 떠나 서쪽으로 향했다. 하루를 꼬박 달려 도착한 실크로드의 발원지 시안(西安), 다시 하루를 내달려 당도한 실크로드 관문인 둔황(敦煌). 두 도시에서 나는 과거 카라반이 이룩한 영화와 함께 '승자 독식' 의 패권주의를 보았다.

우리가 비단길이라 배워온 실크로드는 과거 동 · 서양의 상업, 문화, 교통의 교역로다. 한나라 때 수도 장안(현재 시안)을 떠나 서역길에 오른 여행가 장건이 실크로드의 기틀을 마련한 이후 중국에서 중앙아시아를 거쳐 서양의 로마까지 동서양의 교류가 꽃을 피우게 됐다.

둔황은 중국 쪽에선 실크로드의 출발지, 반대로 서역 쪽에선 종착지 역할을 하는 사막의 오아시스 도시다. 실크로드 한가운데 위치한 타클라마칸 사막은 카라반의 목숨을 위협하는 장애물. 따라서 사막을 건너려는 자와 건너온 자 모두에게 실크로드의 관문인 둔황은 각별한 곳이다.

자신들의 안위를 신께 의지하려 곳곳에 지은 종교 사원, 각 민족의 언어로 쓰여진 경전과 고문서 등은 둔황의 역사적 가치를 드높이고 있다. 그중 불교 석굴의 백미로 꼽히는 '막고굴'은 세계문화유산으로 손꼽히는 인류의 자산이다.

이처럼 동·서양 문화가 맞닿은 실크로드, 그 이면에는 씁쓸하게도 '힘의 논리'가 만연해 있다.

우선 '실크로드'라는 용어부터가 그렇다. 당시 이 길을 통해 서방은 비단을, 동방은 보석과 직물을 주로 수입했다. 그러니 '비단길'이란 이름 자체가 서방이 필요로 하는 품목을 기준으로 만들어진 것이다.

'힘의 논리'는 청나라 시절 극에 달한다. 제국주의가 판을 치던 1900년대 초 서구열강은 청나라를 무력으로 개방한 후 대대적인 문화재 약탈을 감행한다. 이로 인해 실크로드의 관문인 둔황부터 신장위구르 자치구에 이르기까지 수천 점의 문화재가 서방으로 흘러갔다.

이에 대한 중국인의 분노는 대단하다. 둔황 막고굴을 관람했을 때의 일이다. 중국 현지인들과 함께 여러 석굴을 돌아보던 중 어느 지점에서 중국인 가이드가 입에 거품을 물었다.

그의 시선이 멈춘 곳은 20세기 초 실크로드의 문화재 약탈 현황이 적힌 기록물. 그곳에는 당시 유물을 반출한 서구 탐험가들의 사진과 약력, 빼돌린 유물 개수가 적나라하게 적혀 있었다.

함께 여행 중이던 일본인 친구 히로(25 · 교사)가 부연 설명을 해줬다(당시 나는 역사 과목을 가르치다 여행에 나선 일본인 교사와 친분을 쌓았다).

그는 "문화재 반출에 대한 중국인의 분노는 무서울 정도다. 앞으로 중국이 더 성장한다면, 현재 영국 대영박물관을 비롯해 세계 각지에 퍼져 있는 자신들의 문화재를 모두 되찾아 올 것"이라고 단언했다.

이해되는 대목이다. 어느 민족이건 자신들의 문화재가 약탈당한 것에 분노할 당연한 권리가 있으니까. 하지만 '과연 중국은 순수하게 역사의 피해자일까' 하는 의문이 고개를 든다.

실크로드가 낳은 인류의 문화유산은 중국의 신장위구르 자치구로 갈수록 그 빛을 발한다. 티베트와 함께 중국 내 독립을 염원하는 대표적인 소수민족인 위구르인. 그들은 자신들의 선조가 이룩한 문화유산을 놓고 '갑론을박' 하는 한족을 어떻게 바라볼까.

역사적 배경에서 그 답을 짐작할 수 있다. 원래 신장위구르 자치구는 중국에 속해 있지 않았다. 한 무제 때 잠시 중국의 지배를 받은 적이 있지만, 그보다 훨씬 오랜 기간 동안 독립을 유지했다.

둔황은 중국 쪽에선 실크로드의 출발지,
반대로 서역 쪽에선 종착지 역할을 하는 사막의 오아시스 도시다.

따라서 언어도 종교도, 생활방식도 중국과는 확연한 차이를 보인다(중국은 한 무제 때 이 지역을 지배한 전력을 바탕으로 영유권을 주장하고 있다. 이 같은 논리라면 같은 시기 한 무제에 멸망당한 고조선을 근거로 한국도 중국 땅이라는 주장이 가능하다. 상상만으로도 섬뜩한 일이다).

둔황 숙소에서 만난 위구르인은 중국과 소수민족 간의 이러한 간극을 생생히 전해줬다.

한날 어디선가 들려오는 흥겨운 음악, 왁자지껄한 소리가 인도하는 곳에서 나는 위구르 전통음악 공연단과 인연을 맺었다. 위구르 전통복장을 걸치고 전통 악기를 연주하며 위구르어로 대화하던 그들은 찬란했던 고창고성(高昌故城, 중국 지배 전의 투르판 일대의 왕국)에 대해 침이 마르도록 설명해 주었다. 영어, 위구르어, 한국어 그리고 손발짓과 필담이 어우러진 대화였다.

그들이 전하고자 했던 메시지는 분명했다. 위구르인과 중국인은 근본적으로 다르며 자신들 고유의 문화와 가치를 중국인이 무력으로 지배하고 있다는 것.

'강자는 약자의 것을, 약자는 더 약한 자의 것을…….'

찬란한 고대문명을 낳은 실크로드에서 나는 그 현장을 분명히 목격했다.

초보 여행자의 성장통

중국 여정이 끝을 향할 무렵, 몸에 이상 신호가 왔다. 40시간 가까이 되는 장거리 기차 이동이 발단이 됐지만, 그보다는 넘치는 욕심으로 화를 자초한 측면이 컸다.

실크로드에서 출발한 기차는 2박3일을 쉬지 않고 달리고서야 마지막 목적지인 쓰촨성 청도에 도착했다.

사흘 동안 좁은 공간에서 시체처럼 지낸 탓에 기력이 약해질 대로 약해진 상태. 하지만 휴식보단 한 곳이라도 더 봐야 한다는 투철한(?) 사명감으로 무장한 나는 여독을 짊어진 채 길을 나섰다.

아니나 다를까. 몸살이란 달갑지 않은 손님이 찾아들었다. 여파는 꽤 오래갔고, 이틀을 꼬박 앓은 후에야 자리를 털고 일어날 수 있었다.

'성장통' 을 앓고 난 초보여행자는 그간의 여정을 돌아봤다. 이른 새벽부터 밤늦도록 의무감에 사로잡혀 미친 듯이 발품을 팔았던 기억밖에 없다.

누군가 말했다. 일상이 삶의 '산문'이라면, 여행은 삶의 '시'라고.

나는 여정의 패턴을 바꾸리라 결심했다. 긴 호흡으로 쉼 없이 써내려가는 산문이 아니라, 운율과 리듬, 그리고 여백의 미가 돋보이는 시 같은 여행을 즐기리라고.

남아메리카

남미 사람들은 정말
열정적입니다. 흘러넘치는
에너지를 제 속에만
담아두기 힘든 탓일까요?
그들의 열정은 늘
밖을 향합니다.

여행을 마치고 돌아오니 많은 이들이 묻습니다.

"어디가 가장 좋던가요?"

질문 앞에서 늘 망설입니다. 100곳의 여행지엔 100가지 색깔이 있다죠. 한낱 여행자의 시선에 가둬 우열을 가릴 만큼 세상은 단조롭지 않습니다. 화제를 돌려 슬쩍 넘어가 보지만 집요하게 물어보는 분들이 있습니다. 숙고 끝에 저는 '남미'를 택합니다.

마야 · 아스텍에서 잉카로 이어지는 고대문명은 남미의 백미입니다. 페루의 '마추픽추', 볼리비아의 '소금사막', 아르헨티나 · 브라질의 '이과수 폭포', 파타고니아의 '모레노 빙하' 등 남미에는 자연이 빚은 역작이 즐비합니다.

하지만 제가 진짜 남미를 좋아하는 이유는 따로 있습니다. 바로 '사람' 때문입니다. 남미 사람들은 정말 열정적입니다. 흘러넘치는 에너지를 제 속에만 담아두기 힘든 탓일까요? 그들의 열정은 늘 밖을 향합니다. 그들을 마주하고 있자면 그 열정에 '감염' 돼 덩달아 신이 납니다.

피터팬의 아날로그 삶

쿠바

낡은 건물마다 균열이 무성하다. 노년의 낯에 팬 잔주름 같다. 칠이 벗겨져 잿빛을 띠는 여염집에 너덜너덜한 빨래가 나부낀다. 골목마다 맨발의 아이들이 야구를 한다. 아무렇게나 꺾어 자른 나무작대기와 실밥 터진 고무공이 전부다. 깨지고 갈라진 도로 위로 듣도 보도 못한 자동차가 달린다. 하나같이 수십 년 전 출고된 옛 기종이다. 벽면마다 혁명에 대한 선전구호와 함께 낯익은 얼굴이 새겨져 있다. '피델 카스트로'와 '체 게바라'다. 그 옆으로 반라의 사람들이 시가를 질겅이며 망중한을 즐긴다. 낡은 오디오에선 '부에나 비스타 소셜 클럽'의 재즈음악이 흐른다.

이것은 먼지 뽀얀 흑백필름 속 장면이 아니다. 오늘을 사는 쿠바인의 일상이다. 중앙아메리카 카리브 해의 외딴섬 쿠바는 성장을 멈춘 '피터팬' 같다. 급변하는 세상에 등 돌린 그들의 삶은 여전히 '아날로그'다.

전 세계 많은 여행자들이 쿠바를 찾는다. 디지털 놀음에 지친 이들은 더딜지언정 여유가 묻어나는 옛 정취를 그린다. 일종의 향수다. 게다가 쿠바의 밤은 열정적이기까지 하다. 혹자의 표현처럼 '개도 고양이도 춤추는 나라'다. 이런 이유로 쿠바는 역마살 낀 골수 여행자들 사이에서 '성지'로 꼽힌다.

하지만 무턱대고 쿠바를 동경하는 것은 금물이다. 잔뜩 미화된 허상만 쫓다 한 보따리 욕을 늘어놓는 여행자를 수없이 봤다.

정치적 함수에 따라 미국의 적성국이 된 쿠바는 세계 최강국이 취한 금수조치로 인해 심각한 경제난을 겪고 있다. 교통이나 통신 등 인프라는 허술하기 짝이 없고, 나라를 지탱할 만한 산업기반 역시 변변치 않다.

쿠바의 궁핍한 현실은 여행자라고 비켜가지 않는다. 인터넷은 고사하고 전화 사용조차 힘든 마당에 외부와의 소통은 일찌감치 포기해야 한다. 물자가 귀한 까닭에 하루 끼니 때우기도 고역이다. 길거리에서 파는 맛대가리 없는 빵 한 조각을 사기 위해 하염없이 줄을 서야 한다. 관광객 호주머니를 겨냥한 얄팍한 상술에 육두문자가 절로 나온다.

이러니 시가와 모히토(쿠바산 전통술), 팔등신 미녀와 살사, 옥빛 바다와 재즈 등 화려한 유희만을 좇아온 이들은 실망과 분노만 안고 쿠바를 떠난다.

안타까운 일이다. 이는 쿠바의 진면목에 눈을 감은 채 작은 티를 보고 문제를 확대해석하는 격이다. 마치 나무 잔가지에 난 생채기를 보고, 튼실한 기둥을 베어버리는 것처럼.

분명 쿠바 민중은 고단한 삶을 살고 있다. 우리 돈 2,000원에 해당하는 쎄유쎄(CUC) 50페소면 하루 세 끼를 해결할 수 있을 정도로 경제 수준이 취약하다.

하지만 저들은 매사에 긍정적이다. 빵 한 조각을 위해 길거리 가판에서 기약 없이 기다려야 할 때도, 공산품을 사기 위해 허름한 가게 앞에서 장사진을 쳐야 할 때도, 누구 하나 낯빛을 구기는 일이 없다. 어떤 이는 콧노래를 흥얼거리고, 다른 이는 그 장단에 흥겹게 몸을 흔든다.

밤이면 남녀노소 불문하고 살사와 룸바, 차차차를 추는 쿠바 민중. 그들은 신명나는 허리춤으로 현실의 피로를 말끔히 털어낸다.

쿠바인은 '긍정의 힘'을 믿는다. 스페인의 식민지배와 바티스타 정권의 폭정, 체 게바라와 피델 카스트로의 혁명, 미국의 금수조치 등 굴곡의 세월을 겪는 동안 쿠바 민중은 음악과 춤을 통한 살풀이로 더 나은 미래를 그려왔다.

'가슴 속에 불가능한 꿈을 간직하라' 던 체 게바라의 유지를 받들 듯, 쿠바 민중은 모두가 함께 잘 사는 사회를 그리며 오늘도 허리춤을 춘다.

수도 아바나의 구시가지에 쿠바 국기가 펄럭인다.
낡은 시가지를 걷노라면 30년쯤 전으로 되돌아간 듯한 착각이 든다.

사회주의 지상낙원(?)

한 나라에 대한 여행자의 평가가 쿠바만큼 극단적으로 갈리는 곳도 드물다. 어떤 이들은 쿠바를 일컬어 산업화의 때가 묻지 않은 '낭만의 섬' 이라고 치켜세우는 반면 어떤 이들은 궁핍한 생활 탓에 '돈에 안달이 난 섬' 으로 전락했다고 독설을 퍼붓기도 한다.

두 의견 모두 일리가 있다. 대척점에 서 있는 두 평가는 오늘날 쿠바의 명암을 잘 보여준다. 세계사에 족적을 남긴 사회주의 혁명가 체 게바라, 아프로 쿠반(afro-cuban)의 아버지 부에나 비스타 소셜 클럽, 쿠바를 열렬히 사랑한 나머지 소설의 영감을 이곳 카리브의 섬나라에서 찾았던 미국 작가 어니스트 헤밍웨이, 시를 통해 쿠바 독립운동을 이끈 호세 마르티, 정열의 춤사위를 담고 있는 룸바 · 살사 · 차차차 등 쿠바는 사상에서부터 예술에 이르기까지 정신적 유산이 매우 풍부한 나라다. 상상해보라. 시가를 질겅이고, 모히토를 홀짝이며 카리브의 옥빛 바다를 배경으로 다양한 예술 활동을 즐기는 모습을. 어찌 낭만적이지 않을 수 있겠는가.

하지만 쿠바엔 분명 어두운 면도 있다. 미국은 오랜 세월 쿠바를 적성국으로 낙인 찍고 금수조치를 취해왔다. 초강대국 미국의 심기를 거스른 대가는 컸다. 수출입 통제로 먹거리를 비롯한 생필품은 턱없이 부족하고, 돈줄이 막혀 산업화의 길은 요원하기만 하다. 사회기반 시설인 통신이나 대중교통도 열악하기 짝이 없다. 관광산업에 사활을 거는 비정상적인 경제구조 탓에 여행객을 대하는 쿠바인의 태도에서는 약삭빠른 장사치의 상술이 묻어나기 일쑤다.

여행자가 어디에 주안을 두느냐에 따라 쿠바의 이미지는 달라진다. 쿠바를 좋게 보는 이들은 이런저런 문제를 상쇄시킬 만큼 쿠바가 매력적이라 주장하지만, 어떤 이들은 불쾌했던 기억들로 말미암아 쿠바에 대해 나쁜 인상을 갖게 되었다고 얘기한다.

쿠바에 대한 엇갈린 평가는 정보가 어느 한쪽으로 기운 탓이다. 쿠바의 양면에 대해 고루 알고 여행해야 하건만, 대부분의 여행자들은 쿠바를 찬양하는 정보에만 익숙해져 있다. 시중에 나와 있는 쿠바 관련 여행서적이나 텔레비전 여행프로그램의 편향된 정보가 그 원인이다. 기대가 높을수록 실망도 큰 법이다. 쿠바가 마냥 지상낙원일 거란 생각은 애초부터 하지 않는 게 좋다. 현실을 직시할 필요가 있는 것이다.

하여 내가 쿠바에서 겪은 불쾌했던, 혹은 씁쓸했던 기억들을 소개하고자 한다. 사실 개인적으론 나쁜 경험들을 용서할 만큼 쿠바는 충분히 매력적인 나라라고 생각한다. 쿠바를 향한 쓴소리는 전적으로 정보의 균형을 맞추기 위해서임을 밝혀둔다.

쿠바를 대표하는 이미지가 있다. 체 게바라다. 관광업이 산업의 가장 큰 축을 차지하는 쿠바에서 체는 호객행위의 유용한 수단이다. 체는 쿠바에서 연예인으로 전락한 지 오래다. 길거리 노점이나 상점, 식당, 숙박시설 등 어디에서나 체 관련 상품을 쉽게 찾아볼 수 있다. 수도 아바나 거리를 걷노라면 체 사진이 박힌 티셔츠나 모자, 엽서 등을 주렁주렁 매단 행상들이 몰려든다. 그들은 늘 "우리는 체의 친구다. 당신은 체를 좋아하는가? 그를 존중한다면 이 물건을 사라."는 말을 고정 멘트로 내뱉는다. 체의 숭고한 희생을 아는 여행자에게 이런 모습은 불쾌하기 짝이 없다.

쿠바에는 두 종류의 화폐가 있다. 현지인은 페소(PESO), 외국인은 쎄유쎄(CUC)란 화폐 단위를 사용한다. 외국인이 사용하는 1쎄유쎄는 대략 20~24페소 정도로 현지인의 화폐보다 20배가량 비싸다. 여행자를 주 고객으로 하는 숙박업소나 식당, 공연장 등에서는 페소보다 훨씬 비싼 쎄유쎄를 사용해야 한다. 이중화폐는 외국인의 주머니를 겨냥한 정부 차원의 돈벌이 수단인 셈이다.

통화정책에서마저 체는 어김없이 상업적으로 이용되고 있다. 현지인의 화폐인 3페소짜리 지폐에는 체의 초상화가 찍혀 있다. 거리를 걷다보면 이 지폐를 흔들며 다가오는 현지인이 많다. 그들은 터무니없이 비싼 가격을 제시하며 3페소짜리 지폐를 팔곤 한다. 그들이 자주 사용하는 수법은 화폐교환이다. 외국인에게 다가와 체의 초상이 그려진 3페소를 들이밀며 3쎄유쎄와 바꾸자고 제안하는 것이다. 이중화폐에 익숙지 않은 여행자는 이런 수법에 속아 넘어가는 경우가 많다. 바꾸는 순간 수십 배에 달하는 화폐가치가 날아가는 셈이다. 이렇듯 체가 돈벌이 수단으로 악용되는 걸 볼 때면 씁쓸함을 감출 수 없다.

지나친 호객행위 역시 쿠바에 대한 나쁜 기억을 부추긴다. 한 집 걸러 한 집은 여행자를 대상으로 하는 일에 종사할 정도로 쿠바에서 관광업의 비중은 크다. 이러다 보니 여행자를 유치하려는 호객행위가 지나칠 정도다.

쿠바의 시외버스 정류장과 공항 주변은 여행자를 잡으려는 숙박업 종사자, 택시 기사 등으로 늘 인산인해를 이룬다. 벌떼처럼 달려들어 순식간에 여행자를 에워싸는 호객꾼 때문에 혼이 쏙 달아날 정도다. 호객행위가 가열되다 보니 때로는 허위과장

광고가 판을 친다. 일단 뱉어냈던 달콤한 말들은 손님을 확보한 후엔 없던 일이 되기 일쑤다.

쿠바가 처한 열악한 경제 상황도 이미지 훼손을 부채질한다. 어려운 경제사정으로 거리로 내몰린 소년소녀들, 몸을 팔거나 구걸하는 그들을 볼 때면 사회주의 지상낙원이라는 쿠바에 대한 환상이 단박에 무너져 내린다.

생필품이 턱없이 부족한 탓에 여행자들도 곤란을 겪는다. 쿠바를 여행하는 내내 나는 식어빠진 피자나 영양가 없는 빵조각으로 연명해야 했다. 한번은 단백질 보충을 위해 계란을 사러 나갔다가 세 시간을 헤매고도 빈손으로 돌아온 적이 있다. 그러니 쿠바에 딱 한 달만 살면 'S라인 몸매'는 떼놓은 당상이란 우스갯소리가 있을 정도다.

고독한 섬 주인, 모아이

칠레
이스터 섬

섬은 본디 외롭다. 망망한 바다에 홀로 서서 늘 대상을 그려야 하는 숙명 탓이다. 뭍에서 수십 리만 떨어져도 그러한데, 거리를 가늠하기 힘들 정도로 아득한 곳에 자리한 섬은 오죽하랴. 이런 의미에서 이스터 섬(Easter Island)은 세상에서 가장 고독한 섬이다.

칠레령의 이스터 섬은 본토에서 무려 3,800km나 떨어져 있다. 남태평양 폴리네시아 동쪽 끝에 위치한 이 화산섬으로 가기 위해 칠레의 수도 산티아고에서 비행기를 탔다. 다섯 시간을 쉼 없이 날아서야 태평양 한가운데 오도카니 자리한 섬에 도착할 수 있었다.

섬의 원래 이름은 원주민 언어로 '큰 섬'을 뜻하는 '라파누이

(Rapa Nui)' 다. 이스터 섬이란 명칭은 네덜란드 탐험가가 1722년 부활절(Easter day)에 섬을 발견한 데서 유래했다. 1888년 칠레가 섬을 합병하면서 스페인어로 '이슬라데파스쿠아(Isla de Pascua)' 라 명명했지만, 여전히 전 세계적으로 이스터 섬으로 통용되고 있다.

나는 제국주의 냄새가 짙게 베인 '이스터 섬' 이나 '이슬라데파스쿠아' 보다 '라파누이' 란 본래 이름이 맘에 든다. 저들이 크리스마스에 제주도를 발견하고는, 제멋대로 '크리스마스 섬' 따위로 부른다면 얼마나 어이가 없겠는가.

이스터 섬이 세인의 입에 오르내리게 된 것은 거대한 인면석상 모아이 때문이다. 1m의 작은 석상에서부터 30m에 이르는 거대한 석상까지 이스터 섬에는 550여 구의 모아이가 있다. 누가 무슨 연유로 모아이를 만들었는지는 아직 정확히 밝혀진 바가 없다. 학계에서도 당시 기술로 수십 톤의 돌덩이를 정교하게 깎고, 이를 해안 곳곳으로 옮긴 사실을 불가사의하게 여기고 있다.

이런 까닭에 부풀리기 좋아하는 몽상가들은 외계인설을 주장하거나, 모아이가 스스로 걸어 다니는 신물이었다고 믿는다. 황당한 얘기 같지만 실제 섬을 둘러보면 '진짜 그런 게 아닐까' 하는 생각이 든다. 그만큼 섬은 신비로 가득하다.

나는 오토바이를 한 대 빌려 섬을 둘러보았다. 야간 조명등, 나침반, 지도 등의 장비와 먹거리를 가득 담은 배낭을 메고 고고

모아이는 주로 해안을 따라 늘어서 있었다.
'아후'라 불리는 제단 위에 우뚝 선 모아이의 자태는 웅장했다.

학자라도 된 양 모아이를 찾아 나섰다.

모아이는 주로 해안을 따라 늘어서 있었다. '아후' 라 불리는 제단 위에 우뚝 선 모아이의 자태는 웅장했다. 이들 모두 섬의 동쪽에 자리한 라노라라쿠 언덕에서 만들어졌다. 모아이 제조 공장에 해당하는 라노라라쿠에서 수십 킬로나 떨어진 해안까지 이 거대한 모아이가 옮겨진 것이다.

섬은 나무 한 그루 찾아보기 힘들 정도로 황량하다. 모아이 이동에 사용할 목재 지렛대나 수레를 만들 수 없었다는 얘기다. 어림잡아 수천 명에 불과했을 것으로 추정되는 원주민의 인력만으로 이 모든 걸 해냈다는 것 역시 믿기 힘든 일이다.

이 때문에 이스터 섬의 모아이는 한동안 고고학계에서 풀리지 않는 수수께끼로 남아 있었다. 하지만 과학의 발달로 방사선 탄소연대법 등 새로운 측정기법이 등장하면서 그 실체가 드러나고 있다.

학계에서는 모아이가 만들어진 시기의 이스터 섬은 산림으로 울창했으며, 지금까지 알려진 것보다 훨씬 많은 수의 원주민이 살았을 거라 추측하고 있다. 그러다가 '어떤 일' 을 계기로 섬이 급속히 쇠퇴, 결국 나무 한 그루 없는 황량한 섬으로 전락했다고 여기고 있다.

'어떤 일' 에 대해서는 두 가지 설이 팽팽히 맞서고 있다.

먼저 자멸설이다. 각 부족들이 경쟁적으로 모아이 석상을 만들면서 무리하게 목재를 채벌한 결과 토양침식으로 섬이 황폐화 됐다는 것이다. 원주민 스스로가 사람과 가축이 살 수 없는 죽음의 땅으로 만들었다는 가설이다. 이는 오랫동안 정설처럼 굳어졌고, 이스터 섬은 인간이 환경을 파괴한 결과가 얼마나 참혹한지를 설명할 때 자주 등장하는 사례가 됐다.

하지만 최근 이에 반하는 가설이 나왔다. 자멸설은 이스터 섬을 침략한 자들의 자기합리화일 뿐, 섬의 황폐화는 오히려 외부인 때문이라는 것.

이들은 유럽인이 원주민을 노예로 끌고 가 섬의 인구가 급속히 줄었다고 주장한다. 또한 산림 고갈에 대해서는 이들의 배에 섞여 들어온 쥐떼가 급격히 증가, 야자나무 씨를 닥치는 대로 먹어치운 탓이라고 여기고 있다.

진실은 모아이만이 안다. 자멸설이든 타멸설이든 하나같이 인간의 탐욕이 빚어낸 비극이란 점에서 이스터 섬이 주는 교훈을 허투루 여겨선 안 된다.

"넌 이 섬의 진실을 알고 있지?"

모아이에게 다가가 물었다.

"너는 진실을 알고 있지? 어째서 섬이 이 지경이 된 거니?"

침묵으로 일관하던 녀석은 내가 물러서지 않고 채근하자 그제야 입을 연다.

"개구리는 시내나 도랑에서 사는데, 꼭 인가의 계단이나 뜰 사이를 기웃거려. 그러다 닭에게 잡혀 번번이 목숨을 잃지. 개구리가 저 있어야 할 데 있지 않고, 인가를 찾는 이유는 땅이 기름져 벌레가 많기 때문이야. 한 끼 배불리 먹자고 목숨을 버리는 셈이지. 작은 이익만 보고 후에 따를 재앙은 생각지 못하는 거야. 세상엔 인간개구리가 너무 많아."

그렇다. 세상에는 인간개구리가 너무 많다.

착한 쇠고기, 맛보실래요?

아르헨티나
부에노스아이레스

도시는 저마다의 색을 지녔다. 정확히 말하면 여행자 각자의 경험이 도시의 색을 정한다. 나는 아르헨티나의 수도 부에노스아이레스를 '빨간색'으로 기억한다.

여행 6개월째 부에노스아이레스에 도착한 나는 지칠 대로 지쳐 있었다. 1년 여정의 딱 절반을 소화했을 뿐인데, 심신에 쌓인 피로가 꽤나 깊었던 모양이다. 역시 낯선 곳을 떠도는 일이란 쉽지 않다.

나는 스스로에게 휴가를 주기로 했다. 여행 중에 웬 휴가? 뜬금없이 들릴지도 모르겠다. 하지만 장기여행자에겐 여행이 곧 일상이다. 업무에 시달린 직장인에게 재충전의 시간이 필요하듯 여독에 찌든 장기여행자 역시 적절한 시기에 쉼표를 찍어야 한다.

이런 이유로 부에노스아이레스에 머무는 동안 내 달력은 온통 '빨간 날' 이었다. 긴 호흡으로 거침없이 써내려가던 산문 같은 여행 대신, 여백과 운율을 살린 시 같은 여행으로 고단함을 씻기 위해.

가장 먼저 취침과 기상 시간에 대한 속박을 풀었나. 온종일 숙소에서 하릴없이 뒹굴다가 늘어지게 잤다. 주홍글씨처럼 아로새겨진 피로를 지우기 위해 자고 또 잤다.

숙면과 함께 식사에도 신경을 썼다. 빵 조각이나 면으로 대충 끼니를 때워온 터라 여행 6개월 만에 몸무게가 10kg 가까이 줄어 있었다.

기력을 회복하기 위해 선택한 메뉴는 쇠고기. 웬 호사냐 반문하신다면 오산이다. 아르헨티나에서 쇠고기는 상상을 초월할 만큼 싸다. 우리 돈 3,000원이면 질 좋은 안심과 등심 살코기 1인분(4~500g)을 너끈히 살 수 있다. 고기 질은 십수 만원을 호가하는 한국 레스토랑의 쇠고기 스테이크 부럽지 않다.

'빨간' 육질 위에 눈꽃처럼 퍼진 마블링, 하루도 거르지 않고 나는 쇠고기를 먹었다. 스테이크에 지치면 아르헨티나 전통 쇠고기 바비큐인 아사도를 즐겼다.

쇠고기엔 늘 와인을 곁들였다. 역시 우리 돈 2,000원이면 양질의 '신의 물방울' 을 마음껏 마실 수 있었다. 잔에 한가득 담긴 '빨간' 와인은 심신에 깃든 여독을 녹여주었다.

나는 아르헨티나의 수도
부에노스 아이레스를
'빨간색'으로 기억한다.

쇠고기와 와인을 먹는 내내 의아한 생각이 들었다. 우리나라는 왜 이토록 값싸고 품질 좋은 아르헨티나산 쇠고기를 수입하지 않을까? 게다가 아르헨티나에서 사육하는 소는 광우병 위험이 전혀 없지 않은가. 이곳에선 도심을 조금만 벗어나도 청정한 풀을 뜯는 소떼를 쉽게 볼 수 있다. 광우병의 원인인 동물성 사료는 먼 나라 얘기인 셈. 광우병 위험에 직면한 후 미국도 아르헨티나산 쇠고기를 수입하고 있는 마당에 정작 우리는……. 아무튼 세상엔 소시민의 상식으로 이해하기 힘든 일이 참 많다.

먹고 자는 데 지치거나, 무료함이 찾아올 때면 시내에 탱고 공연을 보러 나갔다. 물론 공짜다. 탱고의 본고장답게 부에노스아이레스 어디서든 쉽게 탱고를 볼 수 있었다. 노천카페, 공원, 길거리 할 것 없이 4분의 2박자의 탱고선율에 맞춰 몸을 섞는 커플이 지천에 널려 있었다. '빨간' 립스틱을 바르고 허벅지까지 갈라진 '빨간' 원피스를 입은 여성과 새하얀 셔츠에 '빨간' 장미를 입에 문 남성의 몸짓, 탱고는 역시 정열과 매혹의 춤이었다.

쇠고기 스테이크를 썰고, 와인을 마시고, 탱고에 취해 있는 동안 열흘이 쏜살같이 흘렀다. 잘 쉬고, 잘 먹은 덕에 볼과 배에 살집이 올랐다. 피로가 걷힌 자리에 희미해져 가던 역마살이 들어찼다. 붉은 도시를 떠나 다시금 길 위로 나설 때다.

지구별 땅끝 마을

아르헨티나 우수아이아

세계의 끝, 우수아이아에 왔다.

세계의 끝이라……. 어감이 참 멋지다. 정확히 표현하자면 우수아이아는 '지구상에서 사람이 살고 있는 땅의 끝' 이라 해야 옳다. 바다 너머 남극이 있기에 엄밀한 의미에서 세계의 끝은 아니란 얘기다. 하지만 덕지덕지 토를 단 정의는 운치가 없다. 세계의 끝, 얼마나 간결하고 낭만적인가.

우수아이아는 파타고니아 최남단에 자리한 작은 도시다. 파타고니아는 아르헨티나와 칠레 두 나라의 남쪽 지역으로, 세계에서 남극과 가장 가까운 곳에 위치해 있다. 고로 '우수아이아=세계의 끝' 이란 등식이 성립한다.

여정을 앞두고 우수아이아에 대해 여러 가지 상상을 했다. 도대체 세계의 끝은 어떻게 생겼을까? 사람은 살까? 듣도 보도 못한 괴생명체가 살고 있진 않을까? 날씨가 혹독한 건 아닐까? 하늘과 땅이 맞닿아 있는 건 아닐까? 사막이나 황무지가 끝 간데없이 펼쳐져 있지 않을까? 머릿속을 떠다니는 생각들은 하나같이 엉뚱하고 비현실적이었다.

아마도 오래전에 읽은 무라카미 하루키의 책 『세계의 끝과 하드보일드 원더랜드』 탓이리라. 다소 염세적인 하루키는 세계의 끝을 다소 불완전한 곳으로 묘사해 놓았다. 그림자를 잃은 사람들, 일각수(뿔 달린 말, 유니콘) 등 비현실적인 요소들이 등장했던 것으로 기억한다.

미지의 세계를 향한 호기심은 설렘으로 이어졌고, 우수아이아행 비행기를 손꼽아 기다린 끝에 드디어 신비의 땅에 발을 디뎠다. 그러나 애석하게도 상상의 나래는 공항 청사를 나서는 순간 퍼덕거리던 날갯짓을 멈추고 말았다. 세계의 끝은 그저 평화롭고 조용한 동네였던 것이다. 살짝 부아가 치밀어 생떼를 부렸다.

"이봐요. 하루키 씨! 세계의 끝이라고 뭐 특별할 게 없잖아요. 그냥 사람 사는 동네군요. 뿔 달린 말도, 그림자를 잃어버린 사람도 없단 말이에요."

이런저런 상념에 빠진 채 동행을 기다렸다. 우수아이아로 오기 직전 부에노스아이레스에서 내 또래의 한국인 여행객을 만났는데, 목적지가 같아 함께 여행하기로 했던 것. 비행시간이 엇갈

일면식도 없던 이들과의 기묘한 만남.
그야말로 세계의 끝과 딱 맞아 떨어지는 느낌이었다.

린 탓에 먼저 도착한 나는 공항 로비를 서성이고 있었다.

그때, 누군가 어깨를 톡톡 쳤다. 돌아보니 집채만 한 배낭을 두른 서양 여자애가 웃으며 말을 걸었다. 이탈리아에서 온 그녀는 함께 여행할 것을 제안했다. 이렇게 해서 나와 재현, 엘리자, 셋의 동행이 시작됐다. 일면식도 없던 이들과의 기묘한 만남, 그야말로 세계의 끝과 딱 맞아떨어지는 느낌이었다.

마을은 고즈넉했다. 바람 한 점 없는 해안을 따라 다닥다닥 붙은 여염집이 촌락을 이루고 있었다. 거울처럼 투명한 호수는 하늘과 산, 배를 수면 위에 비춰내고 있었는데, 마치 어릴 적 미술 시간에 배웠던 '데칼코마니' 같았다. 하얀 도화지에 물감을 칠한 뒤, 반으로 접었다 펴면 똑같은 모양이 나오던.

머물던 숙소에서 솔깃한 얘기를 들었다. 한 히피 청년이 말하길 우수아이아에서 200km 정도 떨어진 곳에 '산파블로' 라는 곳이 있는데, 그 풍광이 예술이란다. 교통편이 마땅찮아 여행객의 발길이 뜸한 곳이기도 하단다.

의기투합한 우리는 그 길로 차를 빌렸다. 곶을 찾아가는 길은 쉽지 않았다. 개발이 덜 된 터라 울퉁불퉁한 비포장 길이 수십 리나 이어졌다. 차로 한참을 들어가자, 드문드문 보이던 차량과 인적이 뚝 끊겼다. 생전 처음 보는 동물들이 저 멀리 떼 지어 이동하고 있었다. 나는 놀라 소리쳤다.

"맙소사, 진짜 뿔 달린 말이 있네."

야생동물에 관심이 많던 엘리자가 고개를 갸웃거리며 말했다.

"무슨 소리야. 저건 낙타과에 속하는 과나코라는 동물이야."

유니콘이 아니면 어떠랴. 세계의 끝과 너무나도 잘 어울리는 생경한 풍경인 것을.

얼마 후 우리는 차에서 내려야 했다. 곶의 끝에 도착한 것이다. 지도를 뒤적거리던 재현이 말했다.

"여기가 진짜 세계의 끝이야. 막다른 길이라고."

바다 위에 난파된 배 한 대가 표류하고 있었다. 일렁이는 파도가 녹슨 철 덩어리를 요리조리 흔들어대는 모습이 을씨년스러웠다.

우리 셋, 유니콘을 닮은 과나코, 죽은 배 한 척……. 영락없는 세계의 끝이었다.

지구별 단상

어떤 종류의 희망이든 배달해 드립니다

보낸 곳 : 우수아이아 땅끝 우체국

"편지 왔습니다."

"어디서 온 편지죠?"

"세계의 끝이요."

"그런 곳에도 우체국이 있나요?"

"네, 많은 사람들이 그곳에서 편지를 씁니다. 심지어 편지를 보내려고 세계의 끝을 찾는 이도 있답니다."

"왜죠?"

"글쎄요. '끝' 이 주는 상징성 때문 아닐까요? '끝' 의 또 다른 이름은 '시작' 이니까요. 세계의 끝도 달리 보면 세계가 시작되는 곳입니다. 시작은 희망을 의미하죠. 땅끝 우체국은 어떤 종류의 희망이든 배달해 주는 '무진장(無盡藏)의 곳집' 입니다."

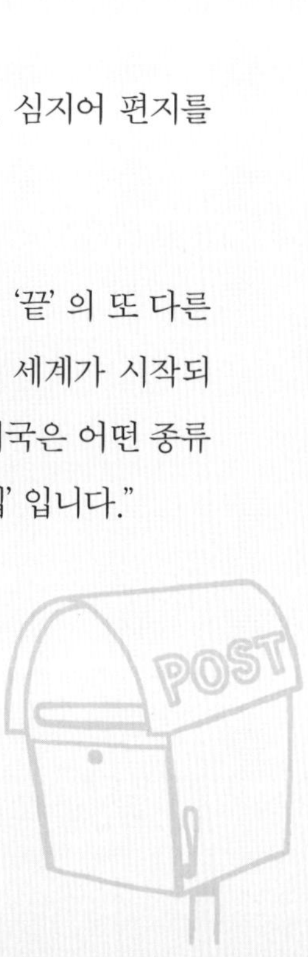

천지만물은 살아 있는 텍스트

아르헨티나
칼라파테

문득 사무치게 책이 그리웠다. 여행 내내 한글을 접하지 못했다는 단순한 이유도 있지만, 그보단 지(知)를 향한 욕구가 더 컸다.

스스로 말하기 겸연쩍지만, 나는 독서를 좋아한다. 취미를 물어오면 주저 없이 책 읽기라고 답하곤 한다. 신에게 밉보여 끝없이 갈증을 느껴야 하는 그리스 신화 속 '탄탈로스' 처럼 나는 항상 배움에 목말라 있다. 독서를 통해 책의 정수를 빨아들일 때면, 한여름 논바닥처럼 갈라진 내면의 대지가 촉촉이 젖어옴을 느낀다. 이런 희열 때문에 습관처럼 책을 읽었더랬다.

입에 가시가 돋는 경지까진 오르지 못했지만, 어쨌든 반년이 넘도록 책과 헤어져 있었던 터라 금단현상이 찾아왔다.

이를 해소하기 위해 오가다 만나는 한국 여행객에게 책을 부탁해 보았지만 쉽지 않았다. 어느 나라건 서점은 있기 마련, 허나 매번 높다란 언어장벽에 막히기 일쑤였다. 무미건조한 가이드북을 몇 번씩 되풀이해서 읽어봤지만, 그럴수록 독서에 대한 향수만 짙어갔다.

파타고니아의 칼라파테는 이런 문제를 말끔히 해결해준 고마운 도시다. 그곳에서 책을 구했냐고 묻는다면 대답은 '아니올시다' 다. 다만 나는 책이라는 텍스트가 없더라도 얼마든지 독서가 가능하다는 것을 칼라파테에서 깨달았다.

파타고니아는 천혜의 자연경관을 지녔다. 동서로 대서양과 태평양이 끝 간데없이 펼쳐져 있고, 내부로는 깎아지른 기암절벽의 안데스 산맥, 광활한 팜파스 지형, 거울처럼 맑은 호수, 신비로운 빙하가 조화를 이루고 있다. 자연의 '종합선물세트' 인 셈이다.

나는 파타고니아 중심부인 칼라파테에서 자연을 벗 삼아 낚시를 하고 산을 올랐다. 그리고 그 속에서 미처 쓰이지 않은 수십 권의 책을 읽고 깨달음을 얻었다. 그것은 곧 살아 숨 쉬는 생생한 독서였다.

칼라파테는 송어 낚시로 유명한데, 떡밥이나 지렁이 대신 루어라는 모형을 사용한다. 릴 낚싯대에 송어를 자극할 만한 먹이 모양의 루어를 달고, 이것을 수면을 향해 멀찌감치 던진다. 이후 줄을 감아주면 루어가 살아 있는 생명체처럼 물속을 유영하며 딸려오는데, 송어가 이를 먹이로 착각하고 덥석 문다.

이때 줄을 감는 타이밍과 속도가 중요하다. 너무 늦게 감으면 수면 깊숙이 가라앉은 루어가 물풀이나 바위에 걸려 옴짝달싹할 수 없게 되고, 결국 줄을 끊어야 한다. 반대로 조급함에 빨리 줄을 감으면 송어가 루어를 발견하지 못해 허탕을 치게 된다.

루어가 적당한 위치에 침잠했을 때 알맞은 속도로 줄을 감아야 한다. 즉, 완급조절이 송어를 낚는 비결인 것이다. 생전 처음 루어낚시를 접해본 나는 수많은 시행착오 끝에 겨우 이를 터득할 수 있었다.

우리네 삶도 다르지 않다는 생각을 해본다. 돌이켜 보면 타이밍과 속도, 완급조절에 실패해 얼마나 많은 것들을 놓쳤을까?

'뭐든 때가 있다' 는 진리를 무시한 채, 늑장을 부리는 동안 수많은 기회가 스쳐 지나갔다. 뒤늦게 줄을 감아본들 소중한 가치들은 이미 수면 아래 있는 바위에 걸려 꿈적도 하지 않는다.

눈앞의 작은 이익에 정신이 팔려 선불리 행동했다가 낭패를 본 경우도 수두룩하다. 조급하게 줄을 감으면 송어가 절대 루어를 물지 않는 것과 같은 이치다.

안타깝게도 '깨달음' 은 늘 '후회' 보다 반 박자 늦게 찾아온다.

비단 낚시뿐 아니라 명산인 토레스 델 파이네(Torres del Paine)를 오르는 동안에도, 모레노 빙하를 탐방하는 동안에도 나는 자연이라는 텍스트를 통해 많은 것을 깨달았다.

"태초부터 천지간에 책이 없었던 적이 없다. 동틀 무렵 구름과 바다 사이를 살펴보면 언제나 수억만 권의 문자가 있었다."라던 옛 성현의 말씀을 이제야 이해할 수 있을 것 같다. 책 속의 지식을 흡수하듯, 세계와 만나 깨달음을 얻는다면 그것이 곧 독서란 얘기다.

나는 어제도 책을 읽었고, 오늘도 책을 읽는 중이며, 내일도 책을 읽을 것이다.

파타고니아 중심부인 칼라파테에서 자연을 벗 삼아 낚시를 하고 산을 올랐다.
그리고 그 속에서 미처 쓰이지 않은 수십 권의 책을 읽고 깨달음을 얻었다.

지구별 단상

빙하 속 시리도록 슬픈 사연

20년 동안 하루도 거르지 않고 빙하를 찾는 남자가 있었다. 그는 우두커니 앉아 빙하를 바라보고 또 바라봤다. 그 눈빛이 너무 슬퍼 보여, 누구도 선불리 말을 걸지 못했다.

한 사람이 용기를 내어 남자에게 물었다.

"당신은 매일 여기서 뭘 하는 거요?"

그가 대답했다.

"아내를 기다린다오."

"당신 아내가 어디 있길래, 이렇게 빙하를 찾아오는 거요?"

남자는 손끝으로 빙하를 가리키며 말했다.

"내 아내는 저 빙하 속에 있소."

20년 전 아내와 함께 칼라파테로 신혼여행을 온 이 서양인의 운명은 가혹했다. 빙하 트레킹을 하던 도중 아내가 무너진 빙벽 사이로 떨어져 실종된 것이다. 그는 절규하며 아내의 시신이라도 찾겠다고 다짐했다. 사람들은 그더러 포기하라고 했다. 철옹성 같은 빙하가 삼킨 이상, 시신을 찾는 건 불가능하다고 했다.

하지만 그는 아내를 기다렸다. 고국의 모든 것을 포기하고 칼라파테에 머물며 20년을 한결같이 빙하를 찾았다.

기적이 일어났다. 빙하 붕괴로 떨어져 나와 표류하던 유빙 속에서 그녀의 시신이 발견된 것이다. 꽁꽁 언 아내를 안은 채 그는 뜨거운 눈물을 쏟았다.

영화에나 나올 법한 이 이야기는 칼라파테에서 실제로 일어난 일이다. 모레노 빙하가 시리도록 슬프게 여겨지는 이유이다.

시리도록 슬픈
사연을 담고 있는
모레노 빙하

국경 징크스에 또다시 발목 잡히다

베네수엘라
콜롬비아

특정한 상황에서 악재가 반복될 때 이를 징크스라 한다. '국경 징크스', 거듭 찾아드는 불운의 사태를 나는 이렇게 부르기로 했다.

나라 간 경계가 곧 국경이다. 한 대륙 안에 여러 나라가 더불어 사는 만큼 남미에는 국경이 참 많다. 남미 지도를 펼쳐놓고 국경을 표시하면, 요리조리 그려진 빗금에 눈이 어지러울 정도다.

대개 국경의 폭은 수백 미터를 넘지 않는다. 걸어서 5분이면 건널 수 있는 짧은 거리지만, 숱한 우여곡절을 겪은 내겐 망망대해처럼 아득하기만 했다.

베네수엘라에서 콜롬비아로 향하는 길목. 국경을 앞두고 느닷없이 불안감이 엄습해 왔다. 트라우마 탓이다. 수개월 전 네팔-인도 간 국경에서 사기를 당한 기억이 스멀스멀 떠올랐던 것이다.

'그땐 그저 운이 없었을 뿐이지, 설마 또 그런 일이 생기겠어?'

스스로를 위로하며 국경행 버스를 기다리는데, 누군가 어깨를 툭 쳤다. 돌아보니 베네수엘라 경찰 두 명이 나를 빤히 쳐다보고 있었다. 한 명은 땅딸막한 키에 바싹 말랐고, 다른 한 명은 지나치게 체격이 컸다. 고목나무와 매미가 떠올랐다. 썩 좋은 인상들은 아니었다.

그들은 여권을 보여달라고 했다. 으레 하는 검문이겠거니 하고 요구에 응했다. 이어 짐을 풀란다. 1년치 생필품으로 가득찬 배낭을 풀어헤치는 데만 30분이 걸렸다. 양말 한 켤레, 팬티 한 장, 칫솔, 치약까지 일일이 확인하는 통에 슬쩍 부아가 치밀었다.

'거참! 직업정신 한번 투철한 양반들이군.'

겨우 짐을 추스르고 돌아서는 찰라 '매미'가 나를 붙잡는다. 아무래도 의심스러우니 다시 짐 검사를 해야겠단다. 황당함과 분노가 밀려왔다. 쏘아보는 내게 '고목'이 지폐 한 장을 꺼내 흔들었다. 통과하고 싶으면 돈을 달라는 의미였다.

여행 전 들었던 얘기가 떠올랐다. 베네수엘라 경찰의 부패가 상상을 초월할 정도로 심해, 검문을 빌미로 여행자의 돈을 갈취한다는 소문이었다. '설마, 그래도 경찰인데'라고 생각했던 믿음이 순식간에 허물어졌다.

다행인지 불행인지 이런 일을 당한 이들이 워낙 많다보니 여행자들 사이에선 '베네수엘라 경찰 퇴치법' 이 전해지고 있었다. 나는 수첩과 펜을 꺼내 더듬거리는 스페인어로 물었다.

"당신들 이름이 뭐야? 이거 불법이잖아. 한국 대사관에 연락할 거야."

제복에 새겨진 이름을 적자, '고목' 과 '매미' 가 당황하는 기색을 보였다. 기세가 오른 나는 과장된 몸짓과 말투로 그들을 몰아쳤다. 효과가 있었다. 귀엣말을 주고받더니 두 경찰은 슬그머니 꽁지를 내뺐다.

당시엔 몰랐다. 그 일이 '국경 징크스' 의 서막에 불과하다는 것을.

새벽녘에 베네수엘라 국경마을 산크리스토발에 도착했다. 목적지인 콜롬비아 국경마을 쿠쿠타가 지척에 있으니, 이제 두 마을 사이에 위치한 양국의 출입국 사무소에만 들르면, 무사히 국경을 넘을 수 있었다.

마을에서 출입국 사무소까지 이동하기 위해 대부분의 여행자는 택시를 탄다. 서둘러 택시를 잡으려는데, 큼지막한 푯말을 단 낡은 버스 한 대가 눈에 들어왔다. 푯말에는 '출입국 사무소행' 이라고 적혀 있었다. 택시비의 삼분의 일에도 못 미치는 저렴한 가격이 구미를 당겼다.

서둘러 차에 올랐더니, 버스 안은 빈자리를 찾기 힘들 정도로 붐볐다. 나를 제외하곤 모두 현지인이었다. 한 시간 가량을 달리던 차가 길 한편에 정차하더니 시동을 껐다. 출입국 사무소라 생각하고 내렸건만, 어째 분위기가 이상했다. 국경의 삼엄함과 엄숙함 대신 저잣거리의 생동감이 느껴졌다. 지나가는 행인에게 묻자 경악할 만한 대답이 돌아왔다. 콜롬비아란다.

버스가 출입국 사무소에도 들르지 않고 베네수엘라에서 곧장 콜롬비아로 넘어온 것이다. 비자에 해당하는 출입국 도장을 받지 못한 나는 졸지에 불법체류자 신세가 됐다. 후에 안 사실이지만 생업을 위해 양국을 오가는 현지인의 경우 임의로 국경을 넘나드는 경우가 종종 있단다. 하필 내가 탄 버스가…….

이 문제를 해결하기 위해 나는 금전적 · 정신적 · 육체적 · 시간적 고통을 겪어야 했다. 콜롬비아 수도 보고타에 위치한 이민국을 찾아가 거액의 벌금을 물고, 수일 동안 복잡한 행정절차에 시달리는 동안 몸과 마음은 피폐해질대로 피폐해졌다.

비자 문제가 해결되자마자 나는 콜롬비아를 떠나 에콰도르로 향했다. 예상치 못한 일에 시간을 허비한 탓도 있지만, 그보단 새로운 나라에서 기분 전환을 하고 싶었기 때문이다.

그러나 나의 소박한 바람은 수포로 돌아갔다. '국경 징크스'가 또다시 발목을 잡은 것.

콜롬비아와 에콰도르 사이 국경 근처에서 나는 사흘 동안 발이 묶인 채 옴짝달싹하지 못했다. 폭우로 인해 좁은 산길이 무너져 버스 운행이 중단된 탓이다. 사흘 내내 터미널에서 진을 친 끝에 겨우 에콰도르행 버스를 탈 수 있었다. 한숨 돌리나 싶었건만, '국경 징크스'는 마지막까지 내 발목을 잡고 늘어졌던 것이다.

이번엔 한밤중 총격전이다. 콜롬비아와 에콰도르 간 국경지대인 루미차카 지역을 한 시간 남짓 남겨두고 국경으로 향하던 모든 차량이 멈춰 섰다.

수십 대의 군·경 차량이 사이렌을 울려대며 긴장감을 고조시켰다. 예전보다 나아졌다지만 아직까지도 콜롬비아 국경 지역에선 반군 게릴라가 출몰하고 있다고 했다. 앞서 국경으로 떠났던 차량들 중 일부가 유리창이 깨진 채 돌아오자 사람들의 술렁임은 더해갔다.

결국 도로에서 새우잠을 자며 상황을 지켜봐야 했다. 어슴푸레 새벽이 밝아오자, 그제야 차량운행이 재개됐다. 에콰도르에 도착했을 때 이미 날은 밝아 있었다.

계란이 서는 적도의 나라

에콰도르

'지구 자전축과 직각을 이루는 위도 0도의 선.'

역시 딱딱한 용어를 사용한 정의는 잘 와닿지 않는다. 쉽게 설명해 보자. 스케치북에 지구를 그린 후 이를 반으로 접을 때 생기는 종이 자국, 지구본의 어느 한가운데 굵은 펜을 갖다 대고 빙그르르 돌릴 때 그려지는 선, 지구 정중앙을 가르는 선이 바로 적도다.

스페인어로 에콰도르(Equador)는 적도를 뜻한다. 남미 북서부의 작은 나라 에콰도르는 국명에서 알 수 있듯 적도에 자리하고 있다.

적도는 치우침이 없다. 북극점과 남극점 사이에서 지구를 정확히 두 개의 반구로 나눈다. 위도 0도……. 덜함과 더함이 없는 숫자 0처럼 적도는 공명정대한 선이다.

그래서일까. 에콰도르에서 불평등을 감지하고서, 나는 배신감을 느꼈다. 종횡을 공평하게 가르는 적도국이건만, 그 안에 살고 있는 민중들의 삶은 결코 공평하지 않았다. 마치 굳게 믿었던 친구에게 뒤통수를 맞은 기분이었다.

에콰도르 수도 키토에 도착했을 때 생경한 풍경이 눈을 사로잡았다. 물론 도시의 겉모습은 3개월 동안 보아온 다른 남미 국가와 다를 바 없었다. 스페인 건축양식을 그대로 옮겨 놓은 대성당과 국회의사당, 유럽풍 광장과 골목 등 키토는 눈에 익은 전형적인 식민 도시(colonial town)였다.

내가 낯설게 느낀 건 다름 아닌 '사람들' 이었다. 지금껏 칠레, 아르헨티나, 베네수엘라, 콜롬비아 등 남미 여러 나라를 여행하는 동안 에콰도르에서처럼 많은 수의 원주민을 본 적이 없었다. 백인 비율이 높은 칠레와 아르헨티나에선 이곳이 유럽 아닌가 하는 착각마저 들었더랬다.

에콰도르는 달랐다. 순수 원주민의 비율이 25퍼센트로, 국민 4명 중 1명이 잉카의 후예였다. 거리 곳곳에서 전통 복장을 입고, 고유 언어인 케추아어로 얘기하는 원주민을 보니 가슴이 설레었다.

오래지 않아 설렘은 안타까움으로 변했다. 원주민의 고단한 삶을 오롯이 느꼈기 때문이다. 볕 좋은 날 구시가지의 한 광장,

망중한을 즐기는 동안 나는 수십 명의 원주민과 마주쳤다.

아이를 등에 업은 채 필사적으로 수제품을 펼쳐놓던 아낙, 먼지가 뽀얗게 쌓인 엠빠나다(만두와 비슷한 남미 고유의 음식)를 들이밀던 남자, 새까만 고사리 손을 내밀며 구걸하던 아이들, 모두가 남루한 행색의 원주민이었다.

아낙은 30분이 지나도록 내 곁을 떠나지 않았다. 번번이 거절하기 미안해 펼쳐놓은 물건을 집어드는 순간, 여기저기서 다른 행상들이 몰려들었다. 제 것을 사라고 다들 아우성치는 통에 결국 아낙의 물건을 사주지 못했다. 등에 업힌 아이의 얼굴이 자꾸만 눈에 밟혀, 돌아서는 발걸음이 무거웠다.

늦은 저녁을 해결하기 위해 식당을 찾았다. 주문을 하고 음식을 기다리는데 입구 쪽이 소란스럽다. 식당 주인이 한 사내와 실랑이를 벌이고 있었다. 한쪽 다리가 불편한 듯 걸음걸이가 부자연스런 사내가 초콜릿이 가득 담긴 광주리를 들고 식당 안으로 들어서자, 주인이 막아선 것이다. 손님들에게 초콜릿을 팔려다 문전박대당한 그 사내 역시 원주민이었다.

16세기, 스페인의 프란시스코 피사로가 지휘하는 침략군이 잉카문명을 집어삼킨 이래, 잉카의 후예들은 지배자의 핍박과 억압 속에 숨죽여 살아야 했다. 수세기가 지난 지금까지 원주민은 고단한 삶을 대물림하고 있다. 이렇듯 인간사는 약자에게 한없이 가혹하다.

다른 남미 국가에 비해 원주민 비율이 높은 에콰도르. 하지만 패권주의의 희생양이 된 원주민의 삶은 고달프다. 키토 구시가지에서 전통춤을 추는 여인네의 치맛자락이 슬프게 펄럭인다.

에콰도르에서는 계란이 선다. 과학에 문외한인지라 자세히 설명하긴 어렵지만 중력과 관계가 있단다. 아무튼 수많은 여행자들이 적도가 지나는 산안토니오 마을을 찾아 계란을 세운다. 심지어는 못 머리 위에서도 계란이 선다.

원주민은 계란과 닮았다. 그들은 쉽게 깨지고 상처받는다. 식탁의 언저리에 놓이는 계란처럼 원주민의 삶도 늘 주변부에서 겉돈다. 하지만 좀처럼 세우기 힘든 계란이 적도에서 서듯, 잉카의 후손들 역시 언젠가는 우뚝 서리라 믿는다. 아니 그러길 간절히 바란다.

박물관에 갇힌 태양신의 후손들

페루

성난 태양은 천지간 만물을 녹일 기세다. 머리 꼭대기에 똬리를 튼 볕 앞에 자외선 차단제 따윈 별무소용이다. 반나절도 못 되어 피부 곳곳에 붉은 반점이 돋더니, 생채기에 소금을 댄 듯 따끔거린다. 사람뿐이랴. 우뚝 선 건물도, 강철처럼 단단한 아스팔트 도로도 대자연의 공세에 무력하게 아지랑이 숨만 토해낸다.

무엇이 페루 하늘의 태양을 진노하게 만들었을까?

페루는 태양신의 후손인 잉카족이 세운 나라다. 13세기 말 페루에서 제국의 초석을 다진 잉카인은 선진문명을 바탕으로 주변 부족을 통합해 갔다. 200년 동안 발전을 거듭한 끝에 잉카제국은 페루를 중심으로 지금의 에콰도르 · 아르헨티나 · 칠레에 이르는 너른 땅을 다스리게 된다. 짧은 시간에 남미 최대의 문명으로 거듭난 것이다.

그들은 제국 곳곳에 태양신을 섬기는 신전을 짓고, 제물을 바쳤다. 정성스레 쌓은 석조 건물에 태양 문양을 수놓고, 제단을 만들어 기도를 올렸다.

태양신은 화답했다. 따뜻한 볕을 선사하는가 하면, 때론 비구름 뒤로 물러나 시원한 빗줄기를 내려 주었다. 곡식은 풍부했고, 가축은 살이 올랐다. 모든 게 평화로웠다. 제국은 영원할 것처럼 보였다.

16세기 초반 한 무리의 이방인이 제국을 찾았다. 잉카인은 그들을 환대했을 뿐, 하얀 피부에 가려진 이방인의 속내를 간파하지 못했다. 스페인의 프란시스코 피사로가 이끄는 침략군은 너무나도 쉽게 제국을 손아귀에 넣었다.

태양신을 섬기던 신전이 허물어지고, 성당이 지어졌다. 해체된 제단은 침략군 막사의 돌담으로 전락했다. 뒤늦게 제국을 지키려 봉기한 잉카인은 무시무시한 살상무기 앞에 맥없이 스러져 갔다. 이 모든 과정을 지켜본 태양신의 분노는 어쩌면 당연한 것이었는지도 모른다.

잉카문명의 발상지 '티티카카' 호수에서, 최후의 보루 '마추픽추' 에 이르는 긴 여정을 통해 나는 하나의 문명이 탄생하고, 발전하고 결국엔 한낱 박물관의 소장품으로 전락하는 과정을 지켜봤다. 잔혹한 인간사를 보고 있자니, 온몸에 소름이 돋았다.

푸노의 티티카카는 해발 4,000m 상당에 위치한 세계에서 가장 높은 호수다. 잉카의 전설에 따르면 하늘과 맞닿은 이 호수에 태양신의 아들인 망코 카파크가 내려와 제국의 기틀을 마련했다고 한다.

'강림 전설'에 걸맞게 티티카카는 신비감이 짙게 깔린 호수였다. 하늘을 담은 호수 위에는 갈대의 일종인 토토라로 만든 인

하늘을 담은 호수 위에는 갈대의 일종인 토토라로 만든 인공섬이 점점이 떠 있었고, 그 보금자리에서 잉카의 후예들은 물결을 따라 유유자적 살아가고 있었다.

공섬이 점점이 떠 있었고, 그 보금자리에서 잉카의 후예들은 물결을 따라 유유자적 살아가고 있었다. 마치 하늘에서 내려와 호수 위를 거닐던 태양신의 아들 망코 카파크처럼.

안개가 자욱하게 깔린 '하늘호수'는 사람을 몽롱하게 만들었다. 한없이 머물고 싶은 마음을 추스르고 쿠스코로 향했다. 잉카 문명의 정수로 꼽히는 마추픽추를 보기 위해서였다.

'늙은 봉우리'란 뜻의 마추픽추는 '공중도시' 혹은 '잃어버린 도시'로 불린다. 쿠스코에서 우루밤바 강을 따라 한참을 내려간 정글지대. 이곳에서 다시 험한 산맥을 거슬러 올라간 곳에 마추픽추가 자리하고 있었다.

표고 2,400m의 마추픽추는 잉카문명이 최후를 맞은 지 400년이 지난 1911년에야 모습을 드러냈다. 잉카 최후의 도시답게 첩첩산중에 꼭꼭 숨어 있던 마추픽추는 스페인의 야만적인 파괴를 피해 오롯이 그 모습을 간직하고 있었다.

기차와 버스, 도보로 이어진 힘든 여정 끝에 마추픽추를 마주할 수 있었다. 그때의 감동은 쉬 형용하기 어려울 정도로 벅찼다. 험한 정글을 헤치고 만 명을 수용할 만큼 거대한 규모의 도시를 건설했다는 사실이 무엇보다 놀라웠다. 칼 한 자루 들어가지 않을 정도로 정교하게 지어진 건축물은 가히 잉카문명의 정수라 불릴 만했다.

페루에서 나는 잉카문명의 '시작'과 '끝'을 보았다. 단순히

‘보는 행위’에 지나지 않았지만 그 잠깐의 시간 동안 명치끝이 아려왔다. 여정 8개월 동안 목격한, 힘의 논리에 스러져간 문명들이 주마등처럼 스쳐 지나간 탓이다.

아시아의 티베탄과 위구르족이, 오세아니아의 어보리진과 마오리족이, 북 · 중미의 마야문명과 아스텍문명이 그랬다. 그리고 남미의 잉카문명까지.

우위를 점한 자들의 논리는 판에 박은 듯 똑같다. 그들은 언제나 파괴와 살육의 이유로 상대 문명의 미개함을 든다. 자신들의 생활양식을 잣대로 제멋대로 상대 문명을 재단한 후 개화라는 이름으로 수백 년간 이어온 소중한 문화유산을 짓밟는다. 잔혹한 파시즘이다.

역사는 반복된다. 패권주의의 망령은 지금도 세계 곳곳을 떠돌고 있다. 스러져간 문명의 자취를, 그저 과거의 일로 치부할 수 없는 까닭이다.

생각 한편에 자리한 신영복 선생의 글귀가 도무지 지워지질 않는다.

“나무가 나무에게 말했다. 우리 더불어 숲이 돼 지키자고. 강자의 지배 논리에 맞서 공존과 평화의 원리를 지키고, 자본의 논리에 맞서 인간의 논리를 지키자고.”

과연 우리는 숲이 돼 지킬 수 있을까? 깜냥이 부족한 여행자에겐 참으로 어려운 이야기다.

지구별 단상

내 머리가 하늘에 닿았을까?

티티카카는 세상에서 제일 높은 호수다. 해발 4,000m의 고지대에 자리한 만큼 어디가 호수고 어디가 하늘인지 분간조차 하기 힘들다.

가만히 서서 하늘을 올려다보면 구름이 코앞에 있다. 손을 뻗으면 이내 닿을 듯이 가깝다. 갈대로 만든 배를 타고 유유자적 호수 위를 떠돌자니 엉뚱한 상상이 든다.

'이대로 펄쩍 뛰면 머리가 하늘에 닿지나 않을까? 정수리를 쿵하고 찧지 않을까? 밑져야 본전이지. 까짓것 뛰어보는 거야!'

서른 살
나에게 길을 묻다

볼리비아
브라질

길 위에서 나이 한 살을 더했다. 서른이다.

서른이란 놈은 참 고약하다. 유랑생활에 정신없던 내 뒷덜미를 녀석은 인정사정없이 붙들었다. 무방비 상태였다. 집도 절도 없이 떠도느라 녀석이 다가오는 기척조차 느끼지 못했다.

'피 끓는 젊음', '눈부시게 푸른 청춘'에 이별을 고하자면, 무언가를 정리하고 결의해야 하지 않겠는가. 허나 녀석의 기습에 그저 멍하게 20대를 떠나보내야 했다. 느닷없이.

이 글은 서른을 맞은 평범한 대한민국 남자의 단상이다. 아니 그보단 푸념 혹은 끼적임에 가깝다.

'서른이 뭐 별거냐!'

일찍이 서른을 맞이한 선배들의 질책이 귓전을 맴돈다. 하지만 초보에겐 뭐든 두렵고 막막한 법. 당신들의 격려를 바란다. 아울러 서른을 맞은 1980년생 동지들의 공감을, 예비 서른의 기로에 선 후배들의 위로를 기대해 본다.

남미 여정이 막바지에 접어든 지난 한 달, 나는 숨 돌릴 틈 없이 바빴다. 고생을 자초한 측면이 컸다.

남미에 관심이 많았던 나는 세계일주 전체 일정 중 많은 날을 이곳에 할애했다. 좀 여유 있게 돌아볼 요량이었다. 그 여유가 과했나 보다. 남미 여정 초 · 중반에 늑장을 부린 탓에 시간이 턱없이 부족해진 것이다.

한 달 남짓한 시간 안에 볼리비아와 파라과이를 거쳐 브라질의 리우데자네이루까지 가야 했다. 넓디넓은 남미 대륙임을 감안할 때 이동하는 것만 해도 벅찬 동선이었다. 하물며 봐야 할 것이 산더미처럼 쌓인 마당에…….

이 기간 동안 나는 침대에서 잔 날보다 버스에서 눈을 붙인 날이 더 많았다. 시간을 벌기 위해 야간버스에 올라 새우잠을 잤고, 50시간에 달하는 장거리 국제버스도 마다하지 않았다. 수면 부족으로 머릿속은 늘 공허했고, 온몸은 두들겨 맞은 듯 욱신거렸다. 여행이라기보단 차라리 극기훈련 같았다.

그러는 사이에 서른은 줄기차게 내 뒤를 밟았다. 먹잇감을 노리는 승냥이마냥 까치발을 하고 슬금슬금 거리를 좁혀왔던 것이다.

이를 자각했을 때 나는 볼리비아의 우유니 소금사막에 서 있었다. 서른 즈음, 정확히 새해를 열흘 앞둔 시점이었다.

우유니는 세계 최대 규모의 소금 사막이다. 염분을 가득 머금은 호수가 뜨거운 태양 아래 증발, 20억 톤이라는 어마어마한 양의 소금밭이 생겨난 것이다.

끝 간데없이 펼쳐진 새하얀 소금과 구름 한 점 없는 하늘 사이에 서 있자니 천지를 구분하기 힘들었다. 허공에 발을 디딘 듯 몽롱한 기분이 드는가 하면, '하얀 방' 에 갇힌 듯 가슴이 먹먹해지기도 했다. 공감각 기능을 담당하는 뇌 일부가 녹슨 게 아닐까 하는 의심마저 들었다.

소금 결정체가 반사하는 볕 때문에 눈부셔 하는 동안, 주제 사라마구의 소설 『눈 먼 자들의 도시』가 떠올랐다. 하루아침에 눈이 먼 사람들, 모든 게 새하얗게 보이는 '백색공포' 가 책의 소재였다. 순간, 눈이 멀까 두려워졌다.

이런저런 상념에 잠겨 있다가 문득 서른의 발자국 소리를 들었다. 돌아보니 녀석은 이미 목전에 와 있었다. 당황스러웠다.

서둘러 소금사막을 캔버스 삼아 서른의 삶을 그려보려 했지만 허사였다. 볕을 머금은 소금처럼 머릿속이 온통 회백색이다. 그 와중에도 불안감만은 고개를 쳐들고 생각의 언저리에 자리잡았다.

'여행 끝나고 돌아가면 뭘 해야 하지? 사상 최악의 취업난이라는데 이대로 백수로 늙는 것은 아닐까? 친구들 중엔 벌써 대리를 단 놈도 있고, 가정을 꾸린 놈도 있는데 이대로 뒤처지는 건 아닐까? 여행 후 내게 남는 건 뭘까?

사치스런 감상을 접고 다시 길 위에 섰다. 숨 가쁘게 내달려 겨우 목적지인 브라질 리우데자네이루에 도착했다. 서른을 하루 남겨둔 12월의 마지막 밤이었다.

"신은 6일을 만든 후 마지막 7일째인 휴일을 브라질에 주셨다."

놀기 좋아하는 브라질 사람들이 입에 달고 사는 말이다. 브라질 국민의 한량 기질은 세계 최고임에 틀림없다. 맥주를 홀짝이며 삼바 음악에 몸을 흔드는 이들이 지천에 널렸다. 2월의 카니발과 더불어 브라질 최고의 축제로 꼽히는 신년행사가 어떨지 눈앞에 그려지는 듯하다.

세계 3대 미항 중 하나인 리우데자네이루의 해안은 새해를 맞으려 몰려든 수만 명의 인파로 발 디딜 틈이 없었다. 불꽃은 밤하늘을 수놓았고, 삼바 리듬에 맞춘 물라토(에스파냐계 백인과 아프리카계 흑인의 혼혈)의 몸짓은 지상을 수놓았다. 축제가 최고조에 달할 즈음, 모두가 한목소리로 숫자를 셌다.

"열, 아홉, 여덟, 일곱, 여섯……."

축포가 터졌다. 2009년 새해가 밝은 것이다. 백사장을 가득 메운 인파의 함성이 파도소리를 잠재웠다. 여기저기 얼싸안은 사람들이 새로운 한해를 축복하며 볼인사를 나눴다.

공자는 서른을 일컬어 '이립(而立)'이라 했다.
'마음이 확고하게 도덕 위에 서서 움직이지 않는다'는 뜻이란다.
그의 말과 달리 서른을 맞은 나의 마음은 심하게 요동치고 있었다.

그 열기에 휘둘려 잠시 내가 서른이 됐다는 사실을 잊었다. 북적거림은 새벽 동이 틀 무렵에야 잦아들었다. 다시금 서른의 무게가 마음을 짓눌렀다. 나는 코파카바나 해변에 앉아 밤을 꼬박 샜다.

바다는 수만 명이 버리고 간 쓰레기들로 가득했다. 이른 새벽 출렁이는 파도에 부유물이 춤을 추었다. 앞선 파도가 해안가로 가져다 놓으면 뒤이은 파도가 다시 바다로 쓸어갔다.

공자는 서른을 일컬어 '이립(而立)'이라 했다. '마음이 확고하게 도덕 위에 서서 움직이지 않는다'는 뜻이란다. 그의 말과 달리 서른을 맞은 나의 마음은 심하게 요동치고 있었다. 코파카바나 해변을 떠도는 부유물처럼.

북아메리카

북아메리카의 맹주 미국,
이 거대한 나라를 여행하는
내내 저는 혼란을 겪었습니다.
그 어지러움의 실체는
다름 아닌 '모순'입니다.

북아메리카의 맹주는 역시 미국입니다. 사실 한 대륙의 실세로만 묶어 두기에 이 나라의 존재감은 버거우리만큼 큽니다. 세계 최강대국이란 수식어가 적합하겠죠.

이 거대한 나라를 여행하는 내내 저는 혼란을 겪었습니다. 그 어지러움의 실체는 다름 아닌 '모순' 이었습니다. 그것도 미국이 늘 자랑스러워하는 자본주의, 자유민주주의, 인권 등 보편적 가치에서 말이지요.

연중 불야성을 이루는 라스베이거스, 세계금융의 심장부 뉴욕, 디즈니랜드 · 유니버셜 스튜디오 등 '유희산업' 의 끝을 보여주는 로스엔젤레스……. 역시 미국은 자본주의의 상징이라 할 만합니다. 한편, 화려한 네온 뒤편에는 어김없이 수많은 부랑자와 노숙자들이 있습니다. 자동차 산업의 몰락과 함께 '유령도시' 로 변한 디트로이트에선 자본의 잔인함을 목격하게 됩니다.

자유민주주의는 어떤가요? 9 · 11의 참상을 드러낸 '그라운드 제로' 에서, 이라크 전쟁의 전사자를 추모하던 보스턴 '자유의 길' 에서 저는 미국이 그토록 소중하게 여기는 가치가 때로는 불순한 의도로 변질될 수 있다는 사실에 씁쓸함을 느낍니다.

밤을 기다리는 도시, 라스베이거스

미국 서부 ❶

미국은 낯설지만, 낯설지 않은 묘한 나라다.

한국과 미국 사이에 자리한 거대한 태평양, 그 물리적 거리만큼이나 두 나라의 모습은 이질적이다. 짧은 역사 속에 다민족 · 다문화가 빚어낸 미국사회는 오랜 기간 단일민족 · 단일문화를 고수해 온 한국사회와 근본적으로 다르다. 미국이 생경할 수밖에 없는 이유다.

한편으로 우리는 미국에 너무도 익숙하다. 한국의 정치 · 외교 · 경제 현안의 중심에는 늘 미국이 있다. 영화 · 드라마 · 음악 · 스포츠 · 음식 등 문화의 경우에도 'Made in U.S.A'가 한반도를 점령한 지 오래다.

이런 모순 탓일까. 미국여행을 앞두고 머릿속이 복잡했다. 그

감정의 실체를 한마디로 표현하긴 힘들다. 마치 미국이 지닌 다양한 모순처럼 설렘과 두려움, 편안함과 불편함, 동경과 반감이 실타래처럼 얽힌 듯한 기분이다.

미국은 서부와 동부로 나누어 둘러보기로 했다. 한 나라 안에서도 동서 간에 세 시간의 차이가 날 정도로 미국의 영토는 넓다. 자연히 서부와 동부 양 지역의 색깔 역시 확연히 다르다.

앞서 여행할 서부는 대자연의 경이로움이 돋보이는 곳이다. 사막 한가운데 조성된 환락의 도시 라스베이거스를 비롯해 빙하가 빚어낸 작품인 그랜드캐니언 · 요세미티 국립공원, 해안을 따라 조성된 낭만의 도시 샌프란시스코와 서부 최대의 도시 로스엔젤레스 등 이름난 명소가 미국 서쪽에 즐비해 있다.

뉴질랜드를 떠나 미국 서부를 향해 출발한 비행기는 10시간을 날아 네바다 주 라스베이거스에 도착했다. 착륙 직전 창밖으로 펼쳐진 도심 풍경은 선잠을 확 깨울 만큼 장관이었다. 끝없이 펼쳐진 황무지를 배경으로 별처럼 반짝이는 라스베이거스. '불야성' 이란 별칭답게 네온 불빛이 화려했다. 어찌나 밝게 빛나던지 밤하늘의 별들이 초라하게 보일 정도였다.

비행기에서 내렸을 땐 이미 동이 터 오르고 있었다. 공항 청사를 따라 나오는데 통로를 가득 메운 '슬롯머신' 이 눈에 들어왔다. 세계 최대의 카지노 도시답다. 출입국 심사를 받기도 전에 도박이라니.

해가 중천에 떴을 무렵 라스베이거스 시내에 도착했다. 벌건 대낮부터 '슬롯머신' 돌아가는 소리가 요란하다. 기계를 통과하는 동전 소리가 끊이질 않고, 그 사이로 술과 시가를 나르는 팔등신 미녀들의 발걸음이 분주하다. 다른 한편에선 카드를 뒤집는 딜러의 손에 따라 환호와 탄성이 교차하고, 환전 창구 앞에선 수백, 수천 달러의 뭉칫돈이 아무렇지도 않게 오간다.

어둠이 내리고서야 내가 본 한낮의 풍경이 본 게임을 위한 '준비운동' 에 지나지 않았음을 깨달았다. 밤이 되자 대형 호텔과 카지노는 일제히 얌전한 옷을 벗더니 화려하고 자극적인 네온 의상으로 갈아입는다. 조용히 물줄기를 뿜던 분수대는 번쩍이는 조명과 시끄러운 음악에 맞춰 요동치고, 술집 앞에선 짙게 화장한 남녀가 외설스런 춤사위로 손님들을 유혹한다. 십수 만원에 달하는 고가의 쇼를 보기 위해 공연장 앞의 인파가 끝 간데없이 늘어서 있다. 한 해 관광객 4,000만 명, 이들이 뿌리는 돈이 매년 6조원에 달한다니 라스베이거스는 지상 최대의 '별천지' 가 틀림없다.

미국이 자본주의라는 꽃을 틔운 텃밭이라면 라스베이거스는 그 꽃이 자라기 위한 최적의 조건을 지닌 옥토에 해당한다. 자본주의의 미덕인 '소비' , 라스베이거스는 세상의 모든 재화를 빨아들일 태세다.

라스베이거스의 숙박비는 미국 다른 도시보다 훨씬 싸다. 5성

프랑스의 에펠탑과 열기구를 본뜬 고급 호텔과 카지노.
라스베이거스는 세상의 모든 재화를 빨아들일 태세다.

급 호텔이 100~150달러 정도로 뉴욕이나 LA의 반값이다. 식비도 마찬가지다. 호텔이나 음식점이 포화상태라 그에 따른 불가피한 조정일 거라 생각하기 쉽지만 사실은 그렇지 않다. 일종의 전략이다.

라스베이거스의 호텔은 대부분 대형 카지노를 운영하고 있다. 호텔 로비를 가로질러 방 안으로 들어가기 위해 반드시 이 카지노를 거치도록 돼 있다. 견물생심이다. 여기저기서 돈 뭉치가 오가는 걸 보면 너도나도 카지노에 엉덩이를 붙이게 된다. 저렴하게 먹고 자는 대신 카지노에서 펑펑 쓰게 되는 것이다. 결국 배보다 배꼽이 더 커지게 된다.

카지노에서 딴 돈은 어떻게 쓰일까? 라스베이거스 인근의 대형 쇼핑몰은 괜히 들어선 게 아니다. 상설 할인가를 내세우는 고가의 명품가게에서 고객은 도박으로 딴 것 이상으로 많은 돈을 쓴다. 비싼 공연 역시 여행자의 주머니를 노리고 있다. 결국 여행자들은 집으로 돌아갈 비행기 삯을 제외한(때로는 비행기 삯과 빚까지 더해) 모든 재화를 들이붓고서야 라스베이거스를 떠나게 된다.

소비가 미덕의 수준을 넘어서는 만큼 때때로 라스베이거스는 자본주의의 어두운 면을 대변하기도 한다. 자본주의의 옥토가 아닌 욕망의 배출통로로 변질되기도 하는 것.

〈라스베이거스를 떠나며〉라는 영화가 있다. 니콜라스 케이지와 엘리자베스 슈가 열연한 이 영화는 알코올 중독에 걸린 한 남자와 창부의 사랑을 그리고 있다. 술에 중독돼 삶의 의지를 잃은 남자 주인공은 생의 마지막 장소로 라스베이거스를 택한다. 몸을 팔며 살아가는 여자 주인공 역시 물질만능의 도시 라스베이거스를 터전으로 살아가고 있다.

왜 라스베이거스인가? 알코올 중독과 성매매를 도덕적으로 지탄받지 않고 살 수 있는 도시가 바로 라스베이거스이기 때문이다. 어떤 종류의 소비든 돈 쓰는 일이라면 '만사 오케이' 인 이곳에 청교도 정신을 들이대는 건 우스운 일이다.

라스베이거스의 밤거리를 걷다보면, 고주망태가 돼 휘청거리는 알코올 중독자나 도박의 늪에서 빠져나오지 못한 채 허우적거리는 도박 중독자, 짙은 화장을 한 매춘부를 쉽게 발견할 수 있다. 그들의 욕망은 밤새 번쩍이는 네온 불빛처럼 좀처럼 꺼질 줄 모른다.

지구별 단상

벽을 허무는 여행

출입국 심사를 마치고 라스베이거스 공항을 나서는데 먼발치에서 반가운 목소리가 들려온다.

"아들!"

집 떠난 지 6개월 만에 뵙는 부모님 얼굴엔 안쓰러움이 가득하다. 그도 그럴 것이 내 몰골은 수개월 고생의 흔적을 고스란히 담고 있었기 때문이다. 10kg이나 살이 빠져 핼쑥해진 얼굴, 뙤약볕에 시커멓게 그을린 피부, 치렁치렁 아무렇게나 자란 머리칼, 얼굴을 뒤덮은 수염 등 '꼴'이 말이 아니었던 것.

미국여행은 부모님과 함께했다. 돌을 맞은 외손녀를 보기 위해 부모님이 마침 미국에 사는 누나 내외를 찾았기 때문.

돌이켜 보면 머리가 굵어진 이후 부모님과 여행한 적이 한 번도 없는 것 같다. 어렸을 적 가족휴가 이후로 늘 친구들이 먼저였던 탓이다.

여행은 사람과 사람 사이에 놓인 벽을 허문다. 모르는 사람끼리도 여행을 통해 돈독해지기 마련인데 가족 간이야 말할 필요도 없다. 낯선 곳에서 숱한 우여곡절을 겪는 동안 우리는 세대 간의 벽과 가부장 하의 역할을 허물고 좋은 친구가 될 수 있었다. 평생을 곱씹을 아름다운 추억을 만든 셈이다.

이후 나는 주변 사람들에게 부모님과 여행할 것을 권하고 다닌다. 굳이 해외여행일 필요는 없다. 가까운 바닷가도 좋고 산도 좋다. 친구, 연인과의 계획을 잠시 접어두고 한번쯤이라도 부모님과 함께 떠나보길 바란다. 일상 밖에서 만든 가족과의 추억은 일상 속 삶을 지탱해주는 청량제가 될 테니.

자연을 거스른 프론티어 정신

미국 서부 ❷

자동차를 빌려 본격적으로 미국 서부여행에 나섰다. 라스베이거스를 떠나 그랜드캐니언으로 향하는 길, 끝없이 이어진 네바다 주의 사막은 사람 혼을 '쏙' 빼놓았다.

사막은 괜히 사막이 아니다. 천지가 펄펄 끓는다. 내리쬐는 뙤약볕에 살갗이 화끈거리고, 건조한 모래바람에 숨쉬기조차 버겁다. 차에 딸린 에어컨도 소용이 없다. 대자연의 기세에 눌린 기계문명은 마지못해 미지근한 한숨을 토해낸다.

태양 아래 감각마저 녹아버린 것일까. 자동차는 쉼 없이 달리는데, 한자리에 머물고 있는 느낌이다. 아마도 몇 시간째 반복되는 황량한 풍경 탓이리라. 잿빛 대지와 선인장, 필름을 짜붙인 듯 같은 장면의 연속이다.

앞뒤로 동행하는 차량이 없다보니, 방심하는 틈에 규정 속도를 넘기기 일쑤다. 이글거리는 소실점은 다가가면 저만치 꽁무니를 빼며 운전자를 농락한다.

시 · 공간의 개념을 잃어갈 때쯤 멀리 꼬리를 문 차량 행렬이 보였다. 네바다와 애리조나 주 경계에 위치한 후버 댐 앞이다. 자세히 보니 전신주가 금방이라도 쓰러질 듯 위태롭게 기울어져 있다. 뭔가 대형사고가 터진 게 틀림없다. 마침 통제선 사이로 경찰들이 검문을 하고 있다.

허리케인? 테러? 지진? 여러 가지 추측이 난무했지만, 모두 기우였다. 후버 댐 부근의 전신주는 애초부터 비스듬히 세워 놓았단다. 험한 지형에 따른 맞춤형 설계랄까. 경찰 검문 역시 댐을 통과하기 위한 절차에 지나지 않았다.

애리조나 주에 진입하자, 사막의 기세도 한풀 꺾였다. 조금씩 녹음이 눈에 들어오더니 이내 푸른 초원이 펼쳐졌다. 목적지가 코앞이란 신호다.

사막을 질주한 지 반나절 만에 그랜드캐니언에 도착했다.

콜로라도 고원에 형성된 그랜드캐니언은 세계에서 가장 깊은 협곡이다. 자연이 빚어놓은 이 예술품은 명성에 걸맞게 웅장하고 화려했다. 깎아지른 절벽과 다채로운 색상의 단층, 기괴한 모양의 암석 등 유네스코 자연문화로서 손색이 없다. 20억 년 세월을 견뎌온 협곡 앞에 서면 인간은 절로 작아진다.

그랜드캐니언의 감동을 뒤로하고 다시 시동을 걸었다. 너른 땅덩이엔 봐야 할 것들이 지천이라 지체할 겨를이 없다. 샌프란시스코로 향하는 길목, 또 다른 '역작'을 마주하고는 할 말을 잃었다.

캘리포니아 주 중부 시에라네바다 산맥에 위치한 요세미티 국립공원은 빙하의 침식이 만들어낸 절경으로 유명하다. 1,000m에 달하는 거대한 화강암, 그 주변을 병풍처럼 감싼 침엽수림, 미국 전역에서 가장 높은 폭포(739m)…….

문득 '미국인의 기질'이 여태 보아온 자연경관과 닮았다는 생각이 든다.

쉼 없이 흐르는 콜로라도 강줄기가 단단한 지표면을 깎아 그랜드캐니언을 만들었듯, 거대한 빙하가 철벽 같은 화강암을 잘라내 요세미티 국립공원을 만들었듯, 미국인 역시 황무지나 다름없던 북아메리카 대륙을 다듬어 세계에서 가장 강한 나라를 탄생시킨 것이다.

미국인은 이를 두고 프론티어 정신(Frontier Spirit)의 소산이라고 자부하고 있다. '개척'이란 뜻으로 알려진 '프론티어'는 원래 땅과 땅 사이의 경계를 나타내는 말이었다. 서부개척시대에 '1평방마일당 인구 2인 이상의 지역과 그 이하 지역과의 경계를 잇는 선'을 '프론티어'라 불렀던 것.

당시 삶의 터전을 찾아 서쪽으로 몰려든 풍부한 인력들이 척박한 땅을 일구고 도시를 건설하는 등 초강대국의 초석을 다졌다. 이때부터 '개척'이란 의미로 쓰이기 시작한 '프론티어'는 미국의 상징으로 자리매김하게 됐다.

언뜻 대자연을 닮아 보이는 미국인의 기질, 즉 프론티어 정신은 그러나 그 속을 들여다보면 본질에서 차이를 드러낸다.

자연이 스스로 행한 개척에는 희생이 따르지 않는다. 그저 섭리에 따라 콜로라도 강줄기가 지표면을 잘라내고, 빙하가 화강암을 깎았을 뿐이다. 형태만 바뀌었지 자연은 그 습성을 오롯이 보존하고 있다.

하지만 미국의 개척은 다르다. 수많은 원주민이 프론티어라는 미명 아래 희생됐다. 서부개척 당시 미국은 약 3,000만 명에 달하는 인디언 사회를 파괴했다. 신식 무기로 무장한 백인들은 인디언이라면 어린이든 노약자든 가리지 않고 학살했다. "좋은 인디언은 죽은 인디언뿐이다."라는 백인우월적 사고 아래 인디언들은 스러져갔고, 미국인들은 그들의 피와 땀 위에 건물을 짓고 울타리를 쳤다.

섭리에 따라 묵묵히 진행된 대자연의 개척과 타 인종의 희생을 대가로 한 미국의 개척은 이렇듯 대척에 서 있는 것이다.

그들에게 박수를 보낸 이유

샌프란시스코에 도착했다. 태평양 연안에서 불어오는 상쾌한 바람을 가르며 자동차는 금문교(Golden Gate Bridge)로 달음질하고 있었다.

샌프란시스코와 북안의 마린 반도 사이에 자리한 금문교는 거센 조류와 잦은 안개, 복잡한 지형 탓에 건설이 불가능하단 평가를 뒤집고 4년 만에 완공됐다. 바다 가운데 우뚝 솟은 금문교는 붉은 자태를 한껏 뽐내고 있었다.

다리를 건너자, 샌프란시스코 시내가 나타났다. 그리고 난데없이 눈앞에 무지개 행렬이 펼쳐졌다. 알록달록한 무지개색 옷을 입거나 반라의 몸에 무지개색 페인트를 칠한 수백 명의 남녀가 행진을 하고 있었다.

뭔가 하는 궁금증이 밀려왔다. 처음엔 환경운동가 혹은 동물 애호가의 가두시위 쯤으로 생각했다. 알고 보니 그들은 '게이'나 '레즈비언' 같은 성적소수자였다. 언젠가 샌프란시스코에는 성적소수자들이 많다는 얘기를 들은 적이 있다. 무지개는 다양성을 상징한단다. 이날 행진의 목적은 그들의 권리 보장을 촉구하기 위함이었다.

세상에는 나와 다른 사람이 참 많다는 생각을 했다. 성적소수자를 백안시하는 환경에서 자랐지만 나는 힘차게 박수치며 그들을 응원했다. 특별한 이유가 있어서 그랬던 건 아니다.

어쩌면 "당신의 생각에 동의할 수 없지만, 누군가가 당신이 사유할 권리를 막으려 든다면 나는 당신을 위해 싸우겠다."라던 철학자 볼테르의 말이 떠올랐기 때문인지도 모르겠다.

뉴욕에서 빈방 찾아 삼만리

미국 동부 ❶

"빈방 없습니다."

몇 시간째 같은 대답이다. 해는 빌딩숲 끝자락에 위태롭게 걸려 있다. 곧 어둠이 밀려들 태세다. 큰일이다. 뉴욕 도심 한복판에서 노숙을 해야 할지 모른다는 생각에 다급해졌다. 밤이면 강력범죄가 잦은 대도시인지라 불안감이 컸다.

부지런히 발품을 팔았지만 헛수고다. 기력이 다했는지 더는 한 발도 뗄 수가 없다. 체면이고 뭐고 주저앉아 울고 싶은 마음뿐이다. 태산이 높다하되 하늘 아래 뫼라 했던가. 이날만큼은 태산도 하늘도 뉴욕의 마천루보다 낮아 보였다.

전혀 예상치 못한 일이다. 하루 전 서부여행을 마치고 부모님은 한국행 비행기를, 나는 뉴욕행 비행기를 탔다. 그때까지만 해도 모든 게 순조로웠다.

정오께 뉴욕에 도착한 뒤, 몇몇 숙소에 들렀지만 방이 없단다. 이때만 해도 그러려니 했다. 반나절이 지나고 짙게 어둠이 깔린 후에야 가련한 여행자는 상황이 심각함을 깨닫는다.

뉴욕엔 둘러볼 곳이 많은 까닭에 성수기와 비수기의 경계가 없다. 미국의 상징인 자유의 여신상을 비롯해 엠파이어스테이트 빌딩, 브로드웨이, 월스트리트, UN본부, 타임스퀘어, 할렘, 록펠러 센터, 센트럴파크, 소호 등 익숙한 지명을 찾아 연중 관광객이 몰려든다.

따라서 숙소 예약은 필수다. 일정이 유동적인 탓에 미리 숙소를 정하기 힘든 장기여행자의 약점이 이곳 뉴욕에선 치명적일 수밖에 없다.

어깨를 짓누르는 배낭보다, 하루 종일 걸어 불어터진 발의 물집보다, 힘겨운 건 사람들의 시선이다. 세련미와 고상함에 있어 둘째 가라면 서러워할 뉴요커(New Yorker). 이들의 흘끔거림은 여행자의 초라한 행색을 더욱 도드라지게 만들었다.

죽으란 법은 없나보다. 자정께 시 외곽의 숙소에서 빈방을 찾았다. 수요와 공급의 불균형은 언제나 극단적인 가격을 낳는 법. 맙소사! 네 명이 혼숙하는 허름한 방이 우리 돈 9만원이라니……. 뉴욕의 비싼 물가를 감안하더라도 이건 좀 심하다는 생각이 들었다. 달리 선택의 여지가 없던 터라 울며 겨자 먹기로 지친 몸을 뉘였다.

파김치가 된 몸을 추스르는 데 꽤 오랜 시간이 필요했다. 다음 날 오후가 되어서야 겨우 숙소를 나서 뉴욕 여기저기를 둘러볼 수 있었다.

뉴욕은 맨해튼 · 브롱크스 · 브루클린 · 퀸스 · 스태튼 섬의 5개구로 이루어져 있다. 흔히들 뉴욕 하면 떠올리는 대부분의 이미지는 시의 중심지인 맨해튼에 몰려 있다.

세계 뮤지컬의 성지인 브로드웨이, 세계 증시를 뒤흔드는 월스트리트, 수십 년간 세계에서 가장 높은 건물로 군림했던 엠파이어스테이트 빌딩, 세계 최대의 도심 속 공원인 센트럴파크 등 세계 '최대' 혹은 '최고'란 훈장을 단 명소가 맨해튼에 즐비해 있다.

사람 마음이란 참 간사하다. 처한 상황이 변하니, 끔찍하던 뉴욕이 달리 보인다. 죽순처럼 빼곡한 건물과 그 사이를 바삐 걷는 인파가 활기차다. 지구촌 경제와 문화의 중심지답게 도시 구석구석에선 기품이 묻어난다.

브로드웨이의 한 카페에서 에스프레소 한 잔을 주문했다. 해가 마천루에 걸려 있는 걸 보니, 곧 땅거미가 내려앉을 모양이다. 어제 이맘때를 생각하면 지금 주어진 여유가 눈물 나도록 소중하다. 야누스의 얼굴을 한 뉴욕의 밤은 그렇게 깊어갔다.

자유의 여신상과 마천루. 흔히들 뉴욕 하면 떠올리는 대부분의 이미지는 시의 중심지인 맨해튼에 몰려 있다.

티베트 시위대의 절규

뉴욕을 걷다 발걸음을 멈췄다. 누군가 낯익은 이름을 목청 터져라 외치고 있었다. 소리의 진원지는 맨해튼 UN본부 앞이다.

"반기문! 반기문! 반기문!"

한 무리의 사람들이 티베트 국기를 흔들며 반기문 UN사무총장의 이름을 목청 터져라 불러댔다. 외침이라기보단 차라리 절규에 가까웠다.

처음엔 영문도 모른 채 그저 '반기문' 이란 이름 석 자가 반가웠다. 하지만 구호의 내용을 파악하고는 점점 낯이 붉어졌다.

중국의 문화학살을 규탄하는 시위대는 모르쇠로 일관하고 있는 UN의 직무유기를 비난하고 있었다. 당연히 화살은 반기문 사무총장에게 날아들었다.

티베트의 참상을 눈으로 목격한 나는 난감한 기분이 들었다.

'세계적인 지도자로 거듭난 반 총장을 자랑스러워해야 하는가. 아니면 티베트 문제에 눈을 감고 있는 UN 수장의 직무유기를 부끄러워해야 하는가.'

자유라는 말을 함부로 입에 담지 마세요, 제발

미국 동부 ❷

Dear 미국

떠나는 길에 몇 자 남깁니다.

돌이켜 보면, 당신을 느끼고 체험하는 과정은 참 힘겨웠습니다.

당신은 안보를 구실로 한낱 여행자를 가혹하게 다뤘어요. 당신 앞에서 저는 늘 잠재적 '해악'에 지나지 않았습니다. 무슨 얘기냐고요?

공항에 들어섭니다. 취조가 시작되죠. 언제나 저는 열외로 분류, 한쪽으로 내몰립니다. 요상한 기계가 '휙휙' 하는 기분 나쁜 소리를 내며 온몸을 훑습니다. 성분을 알 수 없는 약품으로 제 소지품을 마구 문지릅니다. 선택의 여지없이 지문을 채취당합니다. 차가운 바닥에 짐을 쏟아내고 일일이 해명해야 합니다(도대체 속옷 따위가 무에 그리 위협적이라는 건지). 그렇게 한참을 들쑤시고는 고작 통과해도 좋다는 도장 하나를 '꽝' 박습니다. 마치 가축에 등급 낙인을 찍듯.

매 순간 저는 온몸이 발가벗겨지는 모욕을 느꼈습니다. 화가 났어요. 당신이 원망스러웠습니다. 언제나 인권을 부르짖던 당신이잖아요.

그러다 당신을 이해하게 됐습니다. 그럴 수밖에 없는 이유가 있더군요.

'그라운드 제로' 에 섰습니다. 지난 2001년 9월 11일의 참상을 그대로 보존한 곳 말이죠. 뉴욕 맨해튼 마천루 사이의 휑한 터가 어찌나 슬퍼 보이던지. 무고한 희생이 떠올라 고갤 숙였습니다.

그제야 당신이 신경병 환자처럼 군 연유를 알겠더군요. 아울러 당신이 참 가엾다는 생각을 했어요.

당신은 친구도 많지만, 그만큼 적도 많습니다. 왜일까요? 자유 · 민주 · 인권 등 누가 봐도 옳다고 생각하는 보편적 가치를 부르짖는 당신인데…….

한 번이라도 이 문제에 대해 진지하게 생각해본 적이 있나요? 그저 앞선 자를 향한 뒤처진 자들의 시기 어린 질투 정도로 치부해버린 건 아닌지요.

제 얘기에 귀 기울여 주세요. 당신이 답을 찾는 데 도움이 될

지 모를 일입니다.

여행을 통해 당신의 '어제' 와 '오늘' 을 목도했습니다. 참 많이 변했더군요. 애석하게도 그 변화는 부정적입니다. 아마도 그 괴리가 오늘날 당신의 위상을 흔들지 않았나 하는 생각이 듭니다.

보스턴에서 당신의 과거를 따라 걸었습니다. '자유의 길' 이란 이름의 보도를 따라가니, 건국 역사가 한눈에 들어오더군요.

영국의 식민지였던 당신은 지배층의 중상주의와 과도한 세금 책정으로 고통을 겪었죠. 이에 항거해 보스턴에 정박해 있던 영국 동인도회사의 차를 모두 바다에 던진 기막힌 사건을 일으켰더군요. 사람들은 이를 두고 당신이 독립하게 된 결정적 계기라며 '보스턴 차 사건' 이라고 부릅니다.

이후 당신은 전면전으로 불거진 영국과의 전쟁에서 승리, 독립을 쟁취합니다. 그리고 당신은 선언합니다. 자유와 민주, 인권의 가치를 최고의 선으로 여기겠다고. 인류의 보편적 가치를 영원히 지켜내겠다고.

그랬던 당신이 변했습니다. 워싱턴 D.C에서 본 당신의 현재 모습은 안타까울 만큼 일그러져 있었습니다.

세계 정세를 쥐고 흔드는 위정자들이 모인 백악관과 국회의사당을 방문했습니다. 가장 먼저 눈길을 끄는 건 시위대였습니다. 떠들썩한 시위가 아니었어요. 홀로 피켓을 든 채 침묵을 지키는 이들이 대다수였죠. 그 침묵의 소리는 제가 들어본 어떤 구호보다 우렁찼습니다.

그들은 당신더러 '추악한 전쟁'을 멈추라고 요구합니다. 또 당신네 이익에 따라 자행하고 있는 많은 일들에 자유 · 민주 · 인권의 소중한 가치를 함부로 덧씌우지 말라 충고합니다.

지난 2003년 당신은 이라크와 전쟁을 벌였습니다. 당신의 우방조차 명분 없는 전쟁에 반대했죠. 하지만 당신은 저들이 무시무시한 무기를 가지고 있다고 주장했습니다. 한 나라를 쑥대밭으로 만든 뒤 당신이 들고 나온 것은 무기 대신 석유였습니다. 애초에 가공할 만한 '대량살상무기' 따윈 없었던 거죠.

최근 당신이 겪는 시련은, 스스로 자초한 바입니다. 진정성을 상실한 당신이 입버릇처럼 내세우는 인류의 보편적 가치 역시 헛구호에 불과합니다.

비난이 빗발치자 당신은 새로운 레토릭을 구사합니다. 폭정과 억압에 찌든 이라크 국민들을 구출하고 그들에게 자유를 주겠노라고. 그 말을 믿는 사람은 드뭅니다. 이미 수십 만의 인명이 목숨을 잃었습니다. 멈추지 않는 폭탄테러로 희생자는 늘고 있습니다. 모두 당신의 오만과 독선 탓입니다.

이라크 문제는 한 예에 지나지 않습니다. 당신네 위정자들의 손익 계산에 따라 진행된 많은 일들이 자유 · 민주 · 인권의 가면을 쓰고 있습니다.

최근 당신이 겪는 시련은 스스로 자초한 바입니다. 진정성을 상실한 당신이 입버릇처럼 내세우는 인류의 보편적 가치 역시 헛구호에 불과합니다. 자연히 친구보단 적이 늘 수밖에요.

초심으로 돌아가세요. 소중한 가치를 위해 분연히 일어나 독립을 쟁취했던 그때의 마음을 잃지 마세요. 언제나 당신을 지켜보겠습니다.

from 지구별 여행자

영혼을 뒤흔드는 벽화

멕시코

사람들은 예술품을 수집하고, 분류하고, 전시하길 좋아한다. 그런 까닭에 세상 곳곳엔 미술관이 지천으로 널려 있다. 여행하는 동안 들른 곳만 해도 손발을 다 합쳐도 못 셀 정도로 많다. 사조별 · 연대별 · 나라별……. 아무튼 진짜 많다.

불행히도(?) 나는 그림에 취미가 없다. 거짓말을 조금 보태자면, '인상파' 니 야수파' 니 하는 사조를 불량서클 이름으로 착각할 만큼 미술에 문외한이다.

그저 그림 앞을 서성이거나 교과서에서 본 유명한 작품을 마주하고 신기해하는 게 고작이다. 저명한 평론가가 쓴 작품해설을 바탕으로 그림의 의미를 곱씹어 보지만, 명화는 범부에게 좀처럼 마음을 열지 않았다.

안 가면 그만 아니냐고? 그게 말처럼 쉽지 않다. 거기까지 가서 그 유명한 작품을 안 봤냐는 주위의 타박이 두렵다. 하나라도 더 봐야 한다는 여행자의 본능 역시 누르기 힘들다.

예술을 사랑하는 이들에게 미안한 말이지만, 미술관은 내게 '계륵' 같은 존재다. 적어도 멕시코를 여행하기 전까진 그랬다.

멕시코에서 특별한 경험을 했다. 진부한 표현을 빌려 그림과 사랑에 빠졌다고나 할까. 나를 매료시킨 건 벽화였다. 수도 멕시코 시티의 국립인류학박물관에서 처음 벽화를 마주한 때를 생각하면 지금도 가슴이 요동친다.

여느 때처럼 등 떠밀리듯 향한 박물관. 미술 전시관 초입에서 벽면 한가득 그려진 그림을 본 순간, 온몸에 스멀스멀 닭살이 돋았다. 그림이 전하는 강렬한 메시지 때문이었다. 내로라하는 명화를 숱하게 봤지만, 이처럼 명확하게 의도를 드러낸 작품은 처음이었다.

판초를 입고 솜브레로(테가 넓고 꼭대기가 높은 모자)를 쓴 채 말을 달리는 멕시코 원주민과 총으로 무장한 스페인 군대. 메시지는 분명했다. 라틴아메리카를 집어삼킨 외세를 향한 민중의 항거를 그린 것이었다.

벽화는 살아 있었다. 오감을 사로잡을 만큼 생생했다. 거대한 벽을 수놓은 원색이 눈을 붙들었고, 그림 속 민중의 포효가 귓전에 맴돌았다. 그림 속 포연에 코가 시큰거리고, 입이 매웠다. 날

카로운 창의 촉감이 느껴져 저절로 몸이 움츠러들었다.

'누가, 왜 벽에다 그림을 그렸을까?', '저것도 미술사조의 한 장르일까?' 갖은 의문이 꼬리를 물었다. 그 길로 나는 멕시코 벽화를 찾아 정신없이 발품을 팔았다.

뒤늦게 알았다. 내가 본 벽화가 멕시코 벽화미술의 3대 거장 중 한 사람인 시케이로스의 작품이란 것을. 또한 그 외에도 리베

다양한 화가의 다양한 작품을 관통하는 하나의 코드는 "우리는 누구인가?" 하는 물음이었다. 벽화는 300년간 서구의 압제에 묻힌 원주민의 정체성을 찾자는 메시지를 담고 있었다.

라, 오로스코, 타마요 등 벽화 미술을 진화시킨 다수의 멕시코 화가들이 있다는 사실 역시.

20세기 초, 스페인의 식민 지배 아래 신음하던 멕시코 민중들이 독립을 외치며 들불처럼 일어났다. 그리고 그 중심에는 벽화 미술의 거장들이 있었다.

벽화주의 화가들은 캔버스를 던지고, 벽면에 그림을 그리기 시작했다. 현학적인 그림을 그리는 대신 민중들이 오가는 거리에다 이해하기 쉬운 그림을 거침없이 그려나갔던 것이다. 기득권을 포기한 그들은 '행동하는 지식인'의 전형이었다.

다양한 화가의 다양한 작품을 관통하는 하나의 코드는 "우리는 누구인가?" 하는 물음이었다. 벽화는 300년간 서구의 압제에 묻힌 원주민의 정체성을 찾자는 메시지를 담고 있었다.

안타깝게도 이 훌륭한 작품들이 세계 미술계에서 저평가되고 있단다. 수세기 동안 유럽이 미술사를 움켜쥐고 있는 현실을 감안할 때 놀랄 일도 아니다. 자신들의 만행을 낱낱이 고발한 작품에 심기가 불편하기도 할 것이다. 서구 화단은 라틴아메리카 예술이 유럽의 모방물에 지나지 않는다며 애써 그 가치를 폄하하고 있다.

나는 미술을 잘 모른다. 하지만 내 나름의 기준은 있다. 백날 쳐다봐야 의도조차 파악하기 힘든 현학적인 그림보다, 단 한 번의 스침으로 영혼까지 떨리게 만드는 그런 그림이 나는 좋다.

지구별 단상

청양고추 vs. 멕시코 고추

"누렁아!"

곁눈질 한 번 하더니 녀석은 고개를 돌린다. 흘겨보는 모양새가 영 기분 나쁘다. 슬쩍 부아가 치민다. 먹다 남은 타코 조각을 던졌다. 반응이 없다. 다시 한 조각. 녀석은 귀찮은지 몸을 일으켜 저만치 떨어진 그늘로 자리를 옮긴다.

그랬다. 나는 견딜 수 없을 만큼 무료했다. 두 시간 전에 시켜 딱딱하게 굳어버린 타코 주변에 파리가 들러붙는다. 새로운 놀이가 생각났다. '맨손으로 파리잡기.' 예전에 군대에서 곧잘 하곤 했었다. 살짝 오므린 손을 조심스럽게 뻗어 잽싸게 바닥을 쓸면 주먹 속에 파리가 산 채로 잡힌다. 주먹 속에서 웽웽거리는 놈을 바닥에 내동댕이치면 그 충격에 바둥거릴 뿐 달아날 생각을 못한다. 그렇게 생포한 파리 수십 마리가 지금 테이블 위에 가지런히 놓여 있다.

수도 멕시코시티를 떠나 푸에블라, 와하카, 팔랑케를 거쳐 이곳 산크리스토발에 왔다. 2주 동안 쭉 혼자였다. 이렇게 오랜 시간 혼자였던 적은 처음이다. 짧게나마 동선이 비슷한 여행자들과 함께하곤 했더랬다. 사람이 그리웠다.

턱을 괴고 백일몽에 빠져들 찰라, 그가 말을 걸어왔다. 작달막한 키에 다부진 몸매, 전형적인 멕시칸이다. 곱슬머리 위에 비스듬히 눌러쓴 멕시코 전통모자 솜브레로가 무척 잘 어울렸다. 자신을 후안이라고 소개한 그는 내 이름과 국적을 묻더니, "오! 꼬레아, 2002 월드컵, 부에노! 부에노!" 하고 환호성을 질렀다.

축구를 좋아한다는 그는 자국 리그에 대해 쉴 새 없이 떠들었다. 나 역시 얘기 상대가 그리웠던 터였다. 영어와 스페인어가 뒤섞여 어지럽기 짝이 없는 대화가 시작됐다.

이런저런 얘기를 나누던 중에 테이블에 놓인 고추 하나를 집어 먹었다. 타코를 시킬 때 나왔던 곁들이 음식이었다. 그 모습을 신기하게 쳐다보던 그가 물었다.

"맵지 않아? 신기하네. 우리 멕시칸만 매운 거 잘 먹는 줄 알았는데"

우스웠다. 청양고추에 길들여진 내게 멕시코 고추는 그저 파프리카 정도에 지나지 않았다. 고추장부터 시작해서 김치, 낙지볶음 등 나는 한국의 매운 음식들을 열거하며 어깨에 힘을 줬다. 그러자 그가 내기를 제안했다. 매운 고추를 더 많이 먹는 사람에게 멕시코를 대표하는 술 데킬라를 사주자는 것. 방금 먹은 고추 수준이라면 한 바구니를 가져와도 문제없겠다 싶어 흔쾌히 응했다.

그가 종업원을 부르더니 귓속말을 주고받았다. 잠시 후 종 접시 가득 고추가 담겨져 나왔다. 모양새가 방금 전 먹은 고추와 사뭇 달랐다. 더 작고 두꺼워 보였다. 불안감이 밀려왔으나 이내 마음을 다잡았다. 뭐 크게 다르겠나 싶었다.

그가 먼저 고추 하나를 집어먹더니 우물거린다. 만면에 웃음을 머금은 채. 내 차례다. 보란 듯이 고추 두 개를 집어 삼켰다. 씹는 순간, 아차 싶었다. 뜨거운 기운이 순식간에 입 안에 퍼졌다. 매웠다. 정말이지 죽을 만큼 매웠다. 청양고추보다 스무 배는 더 매웠다. 혀가 마비되고, 눈물이 핑 돌았다. 당황하는 나를 보더니 그가 괜찮냐고 묻는다. 웃는 낯이다. 멀리서 종업원도 키득거린다. 오기가 발동한 나는 억지웃음을 지어 보였다.

이번엔 그가 고추 두 개를 먹더니 어깨를 들썩이며 거드름을 피운다. 고추 하나를 집었던 나는 선뜻 입에 가져가지 못하고 망설였다. 그가 웃는다. 비웃음이 섞여 있다. 그 꼴이 보기 싫어 나는 두 눈 지그시 감고 고추를 씹었다. 아! 진짜 맵다. 머리가 지끈거렸다. 무슨 이따위 고추가 다 있담! 채소가 아니라 흉기다. 결국 나는 두 손을 들었다. 얼음물을 연거푸 들이켰지만, 불에 덴 듯 입안은 얼얼하기만 했다.

약속대로 그에게 데킬라를 사주었다. 속이 쓰렸다. 내기에서 졌기 때문인지, 매운 고추 때문인지 아무튼 무지하게 속 쓰린 날이었다.

유럽

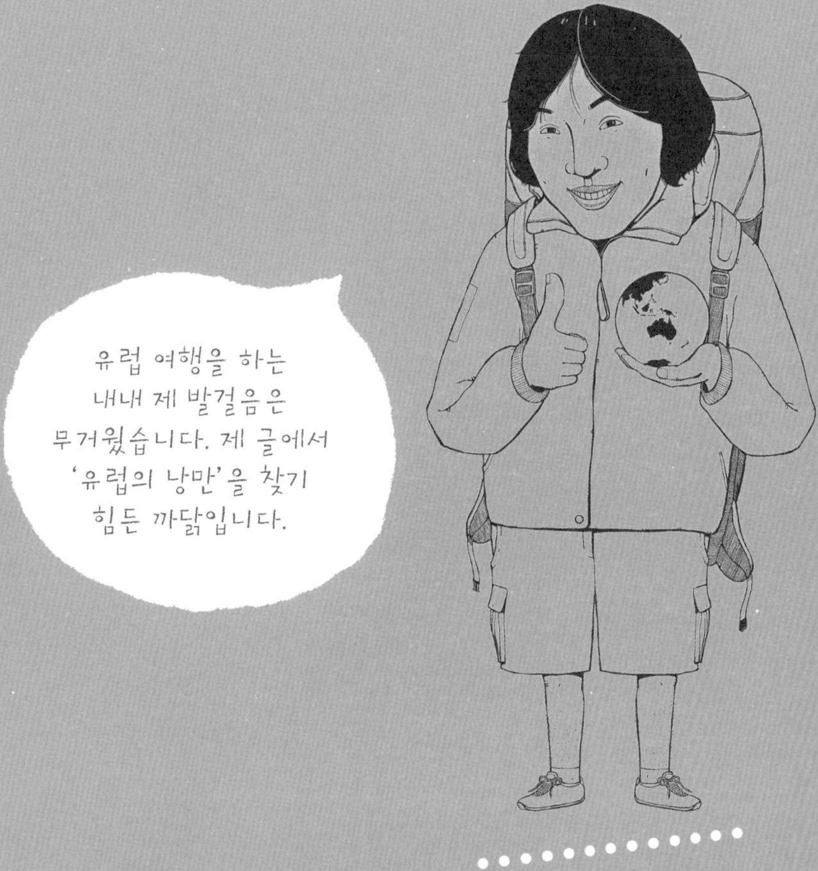

유럽 여행을 하는 내내 제 발걸음은 무거웠습니다. 제 글에서 '유럽의 낭만'을 찾기 힘든 까닭입니다.

유럽에 발을 딛기도 전에 저는 이미 지구촌 곳곳에서 '유럽스러움' 을 한껏 경험했습니다. 과거 제국주의의 망령이 세계를 옥죄던 때 유럽이 전 대륙을 '자기복제' 의 장으로 삼았기 때문이지요.

동서로 수많은 식민지를 건설한 영국은 오죽하면 '해가 지지 않는 제국' 이라 불리었을까요. 지금도 홍콩과 인도, 미국, 호주, 뉴질랜드 등지에서 영국을 발견하기란 어려운 일이 아닙니다. 남미 모든 나라는 언어부터 문화까지 스페인과 포르투갈의 쌍생아와 다름없습니다. 남아프리카에는 독일어 간판이 즐비합니다.

유럽 패권주의는 하나같이 원주민을 억압하고, 그들의 문화를 말살했습니다. 폭정이 할퀴고 간 자리엔 강자의 '무자비' 와 약자의 '신음' 만 덩그렇습니다.

반감 탓인지 유럽 여행을 하는 내내 제 발걸음은 무거웠습니다. 제 글에서 '유럽의 낭만' 을 찾기 힘든 까닭입니다.

유럽과 아시아의 경계, 즉 유라시아의 터키는 편의상 유럽으로 분류했습니다. 또한 대학시절 둘러본 서유럽과 동유럽은 제외했습니다. 이번 여행에서는 스페인, 포르투갈, 그리스 등 남유럽을 중심으로 둘러보았습니다.

밥 짓는 냄새를 그리며

이베리아 반도

나는 '길치' 다. 초행길은 물론이고, 한두 번 다닌 곳에서도 헤맬 만큼 증상이 심각하다. 공간과 방향을 관장하는 우뇌 반구에 문제가 있는 게 틀림없다. 한달음으로 목적지에 닿는 이들을 보면 부러움을 넘어 존경심마저 든다.

신문사에서 기자로 일하던 시절, 그래서 항상 남보다 먼저 취재현장으로 향해야 했다. 길에서 허비할 시간을 고려해서다. 이러한 노력에도 불구하고 자주 길을 잃고, 제 시간에 늦곤 했다. 먼저 도착해 기다리는 사진부 선배에게 늘 죄송했다.

당연히 세계일주 소식을 처음 접한 주변 사람들의 걱정은 대단했다. 그들의 우려를 비웃으며 당차게 집을 나섰건만, 지난 9개월 동안 여기저기서 무던히도 헤매고 다녔다.

목적지 코앞에서 하염없이 방황하다가 택시를 잡아타는 일이 허다했다. 같은 자리만 맴돌다 현지인의 도움으로 간신히 미로를 빠져나온 적도 많다. 객쩍고 멋쩍은 고백이지만, 안에서 새던 바가지는 밖에서도 어쩔 수 없나 보다.

그랬던 내가 색다른 경험을 하게 됐다. 스페인과 포르투갈을 포함한 이베리아 반도를 여행하는 동안, 나는 단 한 번도 길 때문에 고민한 적이 없었다. 복잡하기로 악명 높은 스페인의 수도 마드리드에서조차 지도 한 장으로 어디든 찾을 수 있었다.

'갑자기 우뇌 전두엽의 움직임이 활발해진 걸까? 숨겨져 있던 잠재력이 뒤늦게 빛을 발하는 건가?'

행복한 상상이 꼬리를 물었다. 하지만 애석하게도 나는 전혀 변하지 않았다. 여전히 공간지각능력에 문제가 있는 '길치' 였다는 얘기다. 그동안 내가 헤매지 않은 까닭은 스페인과 포르투갈의 길이 그만큼 체계적이었기 때문이다.

이베리아 반도만 그런 게 아니다. 영국, 벨기에, 네덜란드, 독일, 오스트리아, 체코, 헝가리, 이탈리아, 스위스, 프랑스 등 먼저 둘러본 유럽 국가들의 길 역시 잘 닦여 있었다.

유럽의 길은 광장을 중심으로 곧게 뻗어 있다. 종횡의 길엔 이름과 숫자가 표기돼, 다니기가 수월하다. 정방형으로 가지런히 난 길을 보면 와플파이가 떠오른다. 동이나 마을 등 큰 단위에 익숙해 있던 내게 생경한 모습이다.

이베리아 반도를 여행하는 동안, 전에 없던 향수병에 시달렸다.
집을 나선 지 9개월이 넘은 까닭도 있겠지만,
그보단 전혀 다른 가치관을 마주한 탓이 크리라.

권삼윤 씨가 지은 『빵은 길을 만들고, 밥은 마을을 만든다』는 책 내용이 떠올라 고개를 주억거리게 된다.

책의 제목은 메타포다. 저자는 주식(主食) 개념을 들어 빵을 서양에, 밥을 동양에 비유하고 있다. 즉 서양에선 길이, 동양에선 마을이 중시된다는 뜻이다.

빵과 밥은 각각 밀과 쌀로 만든다. 건조한 유럽에서 잘 자라는 밀은 단위면적당 수확량이 적은 데다 영양분이 부족하다. 균형 잡힌 식단을 위해선 고기를 곁들여야 한다. 밀은 또한 지력을 약화시키는 까닭에 윤작이 힘들다. 가축에게 먹일 풀을 찾거나, 새로운 밀밭을 찾아 끊임없이 이동해야 했다. 그들 유목민에게 '길'은 숙명이었다.

반면 몬순기후의 영향으로 물이 풍부한 동아시아는 벼 재배에 적합한 조건을 지녔다. 벼는 밀에 비해 수확량이 많고 영양소가 풍부한 완전식품이다. 특히 지력을 떨어뜨리지 않아 한자리에서 윤작이 가능하다. 벼농사에 필요한 저수지나 댐 등의 관개시설 역시 정착생활로 이끌었다. 동양의 농경민에게 '마을'은 생존을 위한 단위였던 셈이다.

주식이 낳은 두 문명의 특성은 지금까지 이어지고 있다. 유럽의 모든 건물은 문을 열면 바로 길과 맞닿는다. 큰 길을 사이에 두고 주거지가 형성되어 있는 우리네와 사뭇 다르다. 주소를 적는 방법 역시 마찬가지. 유럽에선 길 이름을 주소 맨 앞에 적어 그 중요성을 강조한다. '○○동', '××번지'에 익숙한 나에겐 낯선 체계다.

'빵과 밥', '길과 마을'의 차이는 두 문명의 가치관에도 영향을 미쳤다. 때가 되면 떠나야 하기에 유목민은 공동체보다 '개인'을 우선시한다. 대를 이어 한곳에 머무는 농경민이 '우리'에 초점을 맞추는 것과 상반된다.

이베리아 반도를 여행하는 동안, 전에 없던 향수병에 시달렸다. 집을 나선 지 9개월이 넘은 까닭도 있겠지만, 그보단 전혀 다른 가치관을 마주한 탓이 크리라.

유럽에서 나는 철저히 혼자였다. 개인주의로 무장한 유목민의 후손들과 길을 걸을 때면, 고독감은 더욱 짙어졌다.

문득 밥 짓는 냄새가 맡고 싶어졌다. 빵이 만든 길 위에서, 나는 밥이 만든 마을을 사무치게 그리워했다.

안달루시아의 영혼 '플라멩코'

스페인

내가 스페인의 안달루시아라는 지명을 처음 들은 건 뮤지컬 〈노트르담 드 파리〉를 통해서였다. 프랑스를 대표하는 이 뮤지컬은 잘 알려진 대로 빅토르 위고의 소설 『노트르담의 곱추』가 원작이다. 극 중반께 여주인공 에스메랄다가 〈보헤미안〉이란 곡을 부르는데 가사 중에 안달루시아가 자주 등장한다. 집시였던 에스메랄다는 유랑생활을 숙명으로 여기던 그들 조상과 마찬가지로 떠도는 생활에 익숙하다. 파리에 정착한 그녀는 삶이 고달플 때면 이 노래를 부르며 집시에게 자유를 선사했던 안달루시아를 그린다.

"맨발로 뛰놀았던 그곳, 안달루시아! 안달루시아! 안달루시아!"

그래서일까. 내 상상 속 안달루시아는 집시 에스메랄다를 닮았다. 아리따운 외모에 쾌활한 성격, 자유분방하고 생동감 넘치던 그녀의 이미지는 그대로 안달루시아에 투영됐다. 스페인 아니 유럽 여행을 통틀어 가장 가고 싶은 곳으로 주저 없이 안달루시아를 꼽았던 이유다.

안달루시아의 주도 세비야에 도착하고서 나는 환호성을 내질렀다. 눈앞의 풍경이 내가 그려왔던 이미지와 딱 맞아떨어졌기 때문이다.

한때의 영화로움을 뽐내려는 듯, 가톨릭 문화와 더불어 안달루시아 곳곳에 남아 있는 이슬람의 흔적이 생경했다. 성당의 첨탑과 이슬람을 상징하는 격자 타일의 어색한 동거, 이슬람 건축의 결정체 그라나다의 알함브라 궁전과 그 옆에 늘어선 고딕 양식의 엇박자, 이교의 풍경이 한데 뒤섞인 이곳이 바로 안달루시아다.

이슬람과 가톨릭의 어색한 듯 어색하지 않은 부조화는 오히려 묘한 매력을 발산했다. 곱디고운 얼굴을 하고는 선머슴처럼 뛰놀던 에스메랄다, 외모와 성격의 부조화가 그녀의 아름다움을 더했던 것처럼 말이다. 때로는 균형 잡힌 것보다 어딘가 부자연스러운 것이 더 아름다울 때가 있다. 절기에 맞춰 불어오는 소소리바람은 지중해의 태양을 이기지 못하고 훈풍으로 바뀌어 귓가를 간지럼 태운다. 에스메랄다의 속삭임처럼 달콤하다.

안달루시아에 머무는 동안 나는 왜 그토록 에스메랄다가 이곳을 동경했는지 깨달을 수 있었다. 이베리아 반도 남부에 위치한 안달루시아는 지브롤터 해협을 사이에 두고 아프리카 대륙과 지척이다. 지리적 특성상 두 대륙 간의 교류가 활발했음은 물론이다. 또한 세비야를 비롯해 코르도바, 그라나다 등지에서 이슬람 문화를 쉽게 발견할 수 있는 것에서도 알 수 있듯 이곳은 가톨릭과 이슬람이 때로는 공존하고 때로는 다투던 종교의 각축장이기도 했다. 인종과 종교가 얽히고설킨 까닭에 안달루시아는 다른 유럽 지역보다 이질적인 것에 관대했다. 세계 각지를 떠돌며 온갖 박해와 탄압을 받았던 집시들에게 안달루시아의 관용은 눈물겨웠으리라.

이런 까닭에 안달루시아 지역엔 집시의 문화와 풍습이 많이 남아 있다. 그중 가장 대표적인 것이 집시들의 춤인 플라멩코다.

세비야에서 플라멩코를 본 순간 나는 그 자리에서 얼어버렸다. 여행하면서 숱하게 많은 종류의 춤을 봤지만 이토록 진한 감동을 주는 춤은 처음이었다. 사실 플라멩코보다 기교적으로 뛰어난 춤은 많다. 관능미로 치자면 아르헨티나의 탱고가, 화려함으론 브라질의 삼바나 중동 지역의 밸리가, 흥겨움으론 콜롬비아와 쿠바의 살사가 플라멩코보다 한 수 위다. 이 모든 매력을 한 방에 날려버리는 건 플라멩코가 발하는 열정이다.

플라멩코는 15~16세기경 안달루시아로 흘러들어온 집시들이

추기 시작했다. 일찍이 예능에 재능을 보인 집시들은 자신들 고유의 노래에 안달루시아 지역의 가락을 혼합하고, 이에 맞춰 춤을 췄다. 그것이 플라멩코의 시초다.

전 세계를 떠돌며 온갖 박해를 받았던 집시들의 춤사위에는 삶의 애환을 담은 슬픈 몸짓이 담겨 있다. 그래서 플라멩코는 화려하거나 흥겹기보다는 소박하고 절제된 느낌을 준다.

한을 풀려는 듯 저들은 동작 하나하나에 혼신의 힘을 쏟는다. 속세의 무거운 짐을 벗어던지려는 손발짓은 때론 처절하다. 무희들은 언제나 무대에서 스러져 죽을 각오로 춤을 춘다. 빛과 그림자, 밝음과 어둠이 빚어내는 '안달루시아의 영혼' 플라멩코가 열정적일 수밖에 없는 이유다.

88만원 세대, 700유로 세대를 만나다

그리스

그리스 여정을 코앞에 두고, 비보가 날아들었다. 아테네를 비롯해 그리스 전역에서 대규모 시위가 발생했단다. 지난해 말 경찰의 총격으로 15세 소년이 숨진 뒤 촉발된 청년들의 봉기가 해를 넘어 극렬한 반정부 시위로 번지고 있다고 했다.

이미 급변하는 세계정세의 영향을 톡톡히 받은 터라 불안감이 싹텄다. 올해 4월과 7월, 티베트와 인도 자이푸르에서 여행 계획이 어그러진 바 있었다. 티베트는 중국 공안의 문화학살이, 자이푸르의 경우에는 폭탄테러가 원인이었다. 당시 이들 땅을 밟지 못한 대가는 혹독했다. 이후 일정까지 차질을 빚는 바람에 새판을 짜느라 진땀 뺐던 것.

'혹 이번에도…….' 생각만 해도 머리가 지끈거렸다. 터키와

중동, 아프리카 대륙으로 이어지는 육로이동의 거점이 그리스다. 베이스캠프에 발을 딛지 못하면 남은 여정은 물거품이 될 게 뻔하다. 간절한 마음으로 외신에 눈과 귀를 붙박았다.

올림푸스 신들의 축복일까. 다행히도 '신화의 나라'는 내게 입장을 허락해주었다. 1월 중순 들어 소요가 잦아든 그리스는 점차 안정을 찾아가고 있었던 것이다. 안도감과 초조함이 뒤섞인 심정으로 수도 아테네에 도착했다.

오로지 입국 여부에만 신경 쓰느라 시위에 대해 톺아볼 여유가 없었던 나는 그리스에 발을 딛고서야 사태의 본질을 파악할 수 있었다.

이번 시위는 경찰의 총격으로 한 소년이 숨지면서 시작됐다. 하지만 한 달여 동안 이어진 반정부 시위의 밑바탕에는 만성적인 청년실업 문제가 깔려 있었다. 일자리를 얻지 못한 채 낮은 급료의 일용직을 전전해야 하는 '700유로 세대'(우리네 '88만원 세대'와 같은 개념)의 분노가 공권력을 향해 들불처럼 번진 것이다.

소강 국면이라고는 하나 여전히 아테네 곳곳에서 긴장감이 느껴졌다. 벽면마다 정부를 규탄하는 낙서가 가득했고, 갈기갈기 찢어진 그리스 국기가 을씨년스럽게 펄럭이고 있었다. 공공기관마다 제복 입은 경찰이 삼엄하게 경비를 섰고, 이를 바라보는 청년들의 눈에는 핏발이 서 있었다.

바야흐로 대서양을 가로지르는 '청년 수난시대'다.
씁쓸함을 달래고자 아테네의 아크로폴리스에 올랐다.
눈앞에 거대한 파르테논 신전이 있다.
지혜의 여신인 아테나를 기린 곳이다. 난국을 헤쳐나갈
답을 구해보지만, 그녀는 말이 없다.

혼란의 흔적을 훑는 내내 마음 한편이 무거웠다. '청년실업', '사상 최악의 취업난', '비정규직'……. 이런 용어들이 낯설지 않았기 때문이다. 대서양 너머 '이태백'(이십대 태반이 백수)의 나라에서 온 '88만원 세대'는 그리스의 '700유로 세대'에게 강한 유대감을 느끼고 있었다.

문득 대한민국 젊은이들에 대한 연민이 솟아올랐다.

단언컨대, 청년들이 겪는 실업의 고통은 그리스보다 한국에서 더 크고 깊다. 청년실업의 비율만을 놓고 보면 20%에 달하는 그리스가 7%의 실업률을 기록하고 있는 우리보다 심각한 것처럼 보인다. 하지만 수치만 놓고 볼 게 아니라 취업을 향한 눈물겨운 과정과 그에 따른 상실감 등 현상의 이면으로 고개를 돌리면 얘기가 달라진다.

한국의 상황을 보라. 대학은 이제 선택이 아니라 의무교육에 가깝다. 너도나도 대학에 간다. 아니 반드시 가야 한다. 현실이 그렇다. 적성이나 소질 따윈 헛구호다. 중·고등학교 시절을 입시지옥에서 헤맨 후 대학생이 되면 상황이 나아지나? 어림없다. 상아탑은 직업훈련소로 바뀐 지 오래다. 신입생들은 입학과 동시에 학점관리에 열을 쏟는다. 학점은 상대평가다. A등급을 위해 주저 없이 친구를 밟아야 한다. 교양? 캠퍼스의 낭만? 소가 웃을 일이다. 대학 졸업을 앞두고는 취업을 위한 각종 스터디가 판을 친다. '면접 대비 스터디', '영어 대비 스터디', '논술 대비 스터디'……. 남녀 불문하고 성형 붐까지 인다. 토익 고득점, 고학점, 여러 개의 자격증, 다수의 인턴 경험 등 너도나도 이력서가 화려하다. 10년 세월 한결같이 취업에 매진하는 대한민국 청년, 그럼에도 그들에게 마땅한 일자리가 없다. 눈높이를 낮추라고? 허영심을 버리라고? 이러한 주문은 책임회피를 위한 '물타기'에 불과하다. 규모가 작은 직장에서도 얼마든지 성취감을 맛볼 수 있도록 환경부터 조성하길. 몇몇 거대집단이 다 해먹는 기형적인 구조론 안 된다. 굳이 서울이 아니더라도, 꼭 대기업에 입사하지 않더라도 상대적 박탈감을 느끼지 않도록 해 달라. 입으로만 지역균형 발전이니 중소기업 부양이니 떠들지 말고 이를 실현시켜 달라. 그런 다음 청년들에게 책임을 전가해도 늦지 않다.

본론으로 돌아가자. 그리스를 포함한 유럽의 여타 나라 청년들 중 대한민국에서처럼 치열한 과정을 겪는 이들이 과연 있을까? 그리스 청년들이 작은 생채기에 아우성치는 동안, 곪을 대로 곪은 상처를 안고도 대한민국 청년들은 현실에 순응하며 살고 있다. 묵묵히. 이 얼마나 갸륵한 심성인가.

바야흐로 대서양을 가로지르는 '청년 수난시대'다. 씁쓸함을 달래고자 아테네의 아크로폴리스에 올랐다. 눈앞에 거대한 파르테논 신전이 있다. 지혜의 여신인 아테나를 기린 곳이다. 난국을 헤쳐나갈 답을 구해보지만, 그녀는 말이 없다.

미궁 속에 빠져 허우적대던 그리스신화의 청년 테세우스가 떠올랐다. 한번 들어가면 나오기 힘든 다이달로스의 미로, 그 속을 헤매는 테세우스처럼 우리 청년들은 꼬일 대로 꼬인 취업시장에서 방황하고 있다.

테세우스 이야기는 그래도 행복한 결말을 맺는다. 그를 사모하던 아리아드네 공주가 전해준 실타래를 입구에서부터 솔솔 풀어가며, 이를 의지 삼아 탈출에 성공한 것이다.

"우리의 끝은 어떨까? 우리에게도 아리아드네의 실타래가 있을까? 무엇을 이정표 삼아 이 미로를 빠져나갈 것인가? 영원히 '무한경쟁', '승자독식'의 굴레를 벗지 못하는 건 아닌가?"

수없이 많은 질문이 머리를 스치고 지난다. 그중에서 가장 먼저 풀어야 할 궁금증이 있다. '도대체 누구에게 이런 물음을 던져야 하나?'가 바로 그것이다.

지구별 단상

죽었다 살아나는 섬을 아시나요?

죽었다 살아나기를 반복하는 섬이 있다. 산토리니다.

그리스의 수십 개 섬 가운데 여행자들이 가장 선호하는 섬은 단연 산토리니. 백설기를 썰어놓은 듯 새하얀 집은 저마다 옥빛 창문으로 멋을 내고서 지중해를 굽어본다. 마을 어귀마다 풍차가 돌고, 그 바람을 맞으며 살랑대는 빨래 더미가 정겹다. 청정한 바다 위에 내려앉은 햇볕 조각이 파도에 반짝이고, 갈매기는 연신 자맥질을 한다. 보고 또 봐도 약비나지 않을 장면이다.

이토록 아름다운 섬을 찾아 매년 여름이면 수만의 인파가 산토리니로 몰려든다. 예약하지 않으면 숙소 잡기가 불가능할 정도다. 식당과 상점, 기념품 가게 종사자들은 넘쳐나는 손님 덕에 행복한 비명을 지른다. 그리스 본토와 섬을 오가는 페리가 하루에 십수 번 고동소리를 낸다. 생동감이 넘친다. 섬은 살아 있다.

애석하게도 섬의 생명력은 짧다. 석 달 남짓한 성수기가 지나고 날이 선선해지면 섬 전체에 쩌렁하게 울려 퍼지던 뱃고동 소리가 줄기 시작한다. 섬의 심장박동도 함께 멎어간다. 그러다 겨울이 오면 산토리니는 죽은 섬이 된다.

나는 동장군이 기세를 떨치던 2월의 어느 날 산토리니에 도착했다. 휑했다. 어쩌면 그들의 말이 옳을지 모른다는 불안감이 엄습했다. 아테네에서 산토리니행을 결정했을 때 많은 이들이 만류했다. 숙소 리셉션의 청년은 하루도 못 돼 후회할 거라고 엄포를 놓았다.

그의 말이 옳았다. 벌써부터 후회가 밀려든다. 숙소를 찾는 일부터 꼬였다. 관광업 종사자가 대부분인 까닭에 산토리니 주민들은 비수기에 섬을 떠나곤 한다. 많은 수의 숙소가 문을 걸어 잠그거나, '수리 중' 이란 푯말을 내걸고 있었다.

한참 동안 발품을 팔고서야 방 하나를 잡을 수 있었다. 시장기가 돌았다. 끼니를 때울 요량으로 식당을 찾아 나섰다. 여기서 또 일은 꼬였다. 도대체 문을 연 식당이 없었던 것. '주인 사정으로 장기간 영업을 중지한다' 는 안내문만 덕지덕지 붙어 있었다. 공복감에다 피로까지 겹쳐 발걸음이 물먹은 솜처럼 무거웠다. 다행히 멀지 않은 곳에 빵집이 보였다.

나흘째, 나는 열두 끼째 빵을 먹고 있다. 퍽퍽한 밀가루 덩어리를 씹으며, 앞으로 평생 빵을 먹지 않으리라 다짐했다. 지난 사흘 동안 내가 한 것이라곤 끼니 때 맞춰 빵을 사먹고 마을 주변을 어슬렁거린 게 전부다. 그마저도 비를 동반한 강풍으로 번번이 무산되곤 했다. 관광객은 물론이고 주민들 모두 자취를 감췄다. 비수기 페리 운행 감축과 궂은 날씨로 언제 배가 뜰지 모를 일이었다. 그렇게 나는 죽은 섬에 고립됐다.

해질녘 둔덕에 올랐다. 섬 전체를 내려다 볼 수 있을 만큼 높은 지대다. 황혼 무렵 섬의 자태는 형용하기 힘들만큼 아름다웠다. 나는 혼잣말을 중얼거렸다.

"언젠간 이 섬에도 다시 뱃고동이 울리겠지. 꽃 피는 봄이 오고 여름이 와 섬이 살아나거든 그때 다시 오리라."

죽었다 살아나기를 반복하는 섬 산토리니

동서와 고금이 함께 숨 쉬는 땅

터키
이스탄불

서로 다른 문명이 충돌할 때, 그 끝은 늘 참혹하다. 이긴 자는 사람이든 문화재든 진 자의 모든 것을 도륙한다. 힘의 균형이 기우는 순간 한쪽 문명은 폐허가 된다. 난무하는 살육과 파괴 속에 한 터럭의 자비도 없다.

'승자독식', 지난 10개월의 여정을 통해 깨달은 사실이다. 아시아, 오세아니아, 북미, 중 · 남미, 유럽, 아프리카 등 어느 대륙을 막론하고 이 명제는 비켜간 적이 없다. 인류역사에서 얼마나 많은 문명이 힘의 논리에 스러져 갔는가. 잔혹하기 그지없는 인간사의 궤적을 훑다보면 번번이 뒷덜미가 서늘해지고 현기증이 인다.

그래서일까. 터키 이스탄불은 내게 신선한 충격으로 다가왔다. 결코 공존할 수 없다고 믿었던 여러 문명의 어우러짐, 지배와 피지배의 간극을 무의미하게 만드는 승자의 관용, 2000년 고도 이스탄불은 진리라 믿어 의심치 않았던 승자독식의 틀을 통쾌하게 무너뜨렸다.

이스탄불은 터키 서쪽 끝자락에 자리한 유서 깊은 도시다. 도심을 관통하는 보스포루스 해협은 동서로 아시아와 유럽 양 대륙을, 남북으로는 흑해와 지중해를 연결한다. 오래전부터 이스탄불은 실크로드의 종착지로서 동·서양의 가교 역할을 해왔다. 지리적으로 매우 중요한 요충지였던 만큼 이 도시는 끊임없이 전쟁에 시달려야 했다.

영토분쟁의 역사는 도시 이름의 변천에서 여실히 드러난다. 그리스 시대에는 비잔티움으로, 로마 지배 아래선 콘스탄티노플로 불리다 터키의 전신인 오스만투르크 시대에 접어들어 지금의 이름인 이스탄불로 굳어졌다. 지명과 함께 이스탄불을 둘러싼 패권 역시 변화를 겪었다. 그리스·로마, 기독교 문명에서 이슬람 문명으로 권력이 이동한 것이다.

인간사에 만연해 있던 승자독식의 관행에 비추어 보자면, 패권을 쥔 오스만투르크는 그리스와 로마 문화를 철저히 파괴했어야 했다. 하지만 정복자는 폭력 대신 관용을 택했다. 그 덕에 이스탄불 내 동로마(비잔틴 제국) 시대의 기독교 유적을 비롯해 인근의 그리스 유적까지 온전히 제 모습을 유지할 수 있었다.

역사의 현장에서 나는 적이 당황스러웠다. 관용을 베푼 주체가 다름 아닌 무슬림이었기 때문이다. 서구가 가공한 창을 통해 나는 그들이 호전적이고 무자비하다고 생각해왔다. 이곳 이스탄불에서 공고하게 굳어진 선입견의 벽을 허무는 동안 왜곡된 역사관이 얼마나 위험한지 깨달을 수 있었다.

구시가지에 우뚝 선 '아야 소피아' 성당은 이슬람의 포용력을 보여주는 대표적인 사례다. 비잔틴 제국을 함락한 직후 오스만투르크는 파괴와 약탈을 금했다. 그들은 서구 기독교의 상징이던 소피아 성당을 가리켜 '같은 하느님을 모신 성전' 이라며 보존을 명했고, 이후 성당은 무슬림 교회인 모스크로 사용됐다.

소피아 성당은 이슬람의 관용을 보여주는 상징 중 하나일 뿐이다. 이스탄불 곳곳에서 목격한 타자에 대한 관대함은 '한 손엔 코란, 한 손에 칼' 로 각인된 이슬람의 이미지를 한순간에 바꾸어 놓았다. 서구 사관의 왜곡이 얼마나 심각한지 깨닫는 순간이었다. 어쩌면 오스만투르크가 아시아, 유럽, 아프리카 등 3개 대륙에 이르는 광활한 영토를 지배할 수 있었던 것도 이러한 관용 덕택인지 모른다. 대제국은 결코 총칼로 유지될 수 없는 것이 역사의 진리다.

보스포루스 해협에서 배를 탔다. 이스탄불 유럽 쪽 영토인 '트라키아' 를 출발해 아시아 쪽 땅인 '아나톨리아' 까지 운행하는 배편이었다. 좁은 해협 사이로 아시아와 유럽이 지척에 놓여

이스탄불은 터키 서쪽 끝자락에 자리한 유서 깊은 도시다.
도심을 관통하는 보스포루스 해협은 동서로 아시아와 유럽 양 대륙을,
남북으로는 흑해와 지중해를 연결한다.

있다. 고갯짓만으로 양 대륙을 모두 볼 수 있다는 사실이 흥미로웠다.

멀리 소피아 성당과 블루모스크가 마주보고 있다. 기독교와 이슬람교의 상징물이 조화롭게 서 있는 모습이 감동적이다. 터키에서 가장 큰 재래시장인 그랜드 바자르와 이집트 바자르도 눈에 띈다. 실크로드의 종착지답게 그곳엔 동·서양 문물이 한데 뒤섞여 있다.

보스포루스 해협에서 바라본 이스탄불은 동과 서, 고와 금이 함께 숨 쉬는 '관용' 과 '공존' 의 땅이었다. 이곳에서 나는 '더불어 산다는 것' 에 대해 생각했다.

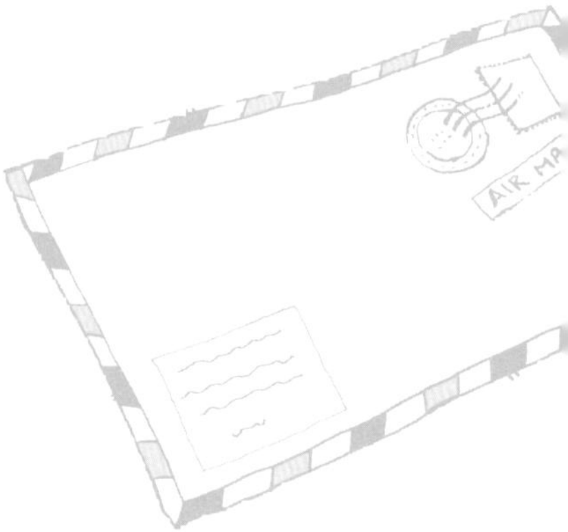

소행성에서 띄우는 엽서

터키
카파도키아

오늘은 엽서를 띄웁니다. 문득 엽서가 쓰고 싶어졌어요. 카파도키아는 그런 곳입니다. 풍경 하나하나가 아날로그적 감성을 자극하는…….

지난밤 이스탄불에서 밤차를 탔습니다. 많이 피곤했는지 엉덩이를 붙이자마자 잠이 들었죠. 사부작거리는 소리에 눈을 떠 보니 먼발치서 동이 터 오릅니다. 비몽사몽 간에 짐을 꾸려 내렸는데, 이게 웬일입니까? 주변 풍경이 몹시도 생경합니다.

황량한 벌판에 기암석이 삐죽삐죽 솟아 있습니다. 사방이 모두 그렇습니다. 혹성에 온 기분입니다. 우주선 비유에스(BUS) 호는 소행성 카파도키아에 저만 덩그러니 남겨두고서 지구 은하 저편으로 사라집니다.

카파도키아는 터키 아나톨리아의 중동부를 일컫는 고대 지명입니다. 제가 도착한 곳은 괴레메라는 작은 마을입니다. 먼 옛날 화산활동으로 이 지역에 셀 수 없이 많은 응회암이 생겨났다는군요. 켜켜이 쌓인 화산재가 굳어져 돌덩이가 됐고, 비바람이 이를 깎아 다양한 모양의 기암석 군락을 만든 거죠. '자연이 빚어낸 수작' 이란 찬사가 아깝지 않습니다.

며칠 사이 눈이 많이 온 터라, 숙소를 나서기 전 단단히 채비를 해야 합니다. 밑동 잘린 나무에서 굵은 가지를 꺾어 지팡이를 만들고, 운동화에 짚단을 엮습니다. 이 정도면 눈 쌓인 둔덕도 끄덕 없겠다 싶어 혹성탐사를 시작합니다.

꼬불꼬불한 길을 한참 동안 오르니, 괴레메 전경이 한눈에 들어옵니다. 너른 공간에 돌무더기가 빽빽합니다. 딱히 뭐라 규정하기 힘든 풍경입니다. 고요한가 하면 돌 사이를 헤집는 바람의 울음이 적막을 깹니다. 외로운가 하면 눈 덮인 기암 위로 새가 날아들어 친구가 됩니다. 삭막한가 하면 사이좋게 어우러진 기암 군락이 온기를 전합니다.

가만히 앉아 솟아오른 돌덩이 하나하나를 관찰합니다. 그 크기와 모양이 참으로 다채롭습니다. 어떤 놈은 크기를 가늠하기 힘들 정도로 거대하고, 어떤 건 제 키만 하기도 합니다. 버섯 모양의 돌도 있고, 솜사탕같이 생긴 놈도 있습니다. 그중 한 녀석이 눈을 사로잡습니다. 낙타 모양의 암석입니다. 사람 손으로 빚어도 저리 만들기는 쉽지 않겠다는 생각이 들 정도로 낙타를 빼다 박았습니다.

낙타바위

낙타바위를 보니, 중국에서 낙타를 탔던 기억이 납니다. 지난해 막 여행을 시작했을 때였죠. 실크로드가 시작되는 중국 둔황의 사막에서였습니다. 시간이 흘러 전 터키에 있습니다. 아시다시피 터키는 실크로드가 끝나는 곳입니다. 역사의 현장, 그 '시작'과 '끝'을 모두 거쳐 왔다고 생각하니, 감회가 남다릅니다.

생각은 꼬리를 물기 마련이어서 지난 여정이 주마등처럼 스쳐 지나갑니다.

처음 길을 나서며 저는 다짐했습니다. 끊임없이 비우고, 또 채우겠다고. 대한민국이라는 울타리 안에서 굳어진 다른 문화와 인종에 대한 선입견, 시장논리에 길들여진 배금주의, 소수자와 약자를 향한 차별……. 이런 것들을 남김없이 비우고, 그 자리에 좋은 것들만 채워오겠다 마음먹었습니다.

초심을 돌아보니 마음이 영 불편합니다. 우리 돈 몇백 원 때문에 목에 핏대를 세우거나, 별것 아닌 일에 '이러니 너희 나라가 못사는 거야' 하는 조롱과 멸시를 쏟아낸 적도 많습니다. 접근하는 모든 이를 잠재적 도둑으로 의심하는가 하면, 구걸하는 아이를 매몰차게 내쫓기도 했습니다. 잘 사는 나라에선 공연히 주눅이 들었고, 우리보다 못한 나라에선 어깨에 잔뜩 힘이 들어가곤 했습니다. 서구를 여행하다 동양인에 대한 차별을 느낄 때면 불같이 화를 내면서도, 정작 개발도상국 사람들에 대한 저의 편견엔 눈을 감기도 했습니다. 이른바 '이중 잣대'를 들이댄 것이지요.

여기까지 생각이 미치자 얼굴이 화끈거립니다. 석양에 길게 끌린 제 그림자가 한없이 부끄럽습니다.

상념에 빠진 채 둔덕 아래 기암석의 풍경을 봅니다. 그리고 다시금 제 내면을 들여다봅니다. 오랜 세월 쌓인 화산재가 응회암을 만들었듯, 제 마음속에도 버려야 할 것들이 견고하게 굳어져 있습니다.

카파도키아 기암석은 비바람이 깎고 다듬었습니다. 제 마음속에 자리한 편견과 차별, 옹졸함은 무엇으로 닳아 없어지게 해야 할까요?

남은 여정 동안 제가 풀어야 할 숙제입니다.

아프리카

'홀로서기'에 서툰
검은 대륙 '아. 프. 리. 카.'
이 넉 자를 되뇌일 때면
서로 다른 감정이
솟아납니다.

"세계일주? 그럼 아프리카도 다녀온 거야?"

한국에 돌아오니 사람들이 묻습니다. 다른 대륙은 그러려니 하나봅니다. 꼭 아프리카만 따로 떼어 이렇게 확인하려 듭니다. 사람들이 검은 대륙을 '미지의 땅'으로 여긴다는 방증이겠지요.

그렇습니다. '아. 프. 리. 카." 이 넉 자를 되뇌일 때면 서로 다른 감정이 솟아납니다.

오랜 식민지로 말미암아 '홀로서기'에 서툰 검은 대륙은 기아와 질병, 내전까지 더해져 지구촌에서 발전 속도가 가장 더딥니다. 문명과 거리를 둔 만큼 소심한 여행자에게 이곳은 두려움의 대상입니다.

반면 수천 종의 동식물이 천연 그대로 보존된 생태계, 디지털 세상 속 아날로그 삶을 사는 아프리카 원주민 등 오직 아프리카에서만 경험할 수 있는 인류·생태학의 가치를 생각하면 심장이 터질 듯 벅차오릅니다.

미지의 대륙을 향한 이 상반된 감정은 묘한 설렘을 불러일으킵니다.

메디나 뒷골목에서
길 헤매는 매력에 빠져들다

모로코

"어이! 후세인, 진짜 반갑다. 나 또 길을 잃었어. 도대체 어디가 어딘지 모르겠네. 시장 골목이 이쪽이던가?"

불과 몇 시간 전에 안면을 튼 그다. 수년 지기 대하듯 호들갑을 떨자 그가 어이없다는 표정을 짓는다. 무슨 상관이랴. 거미줄처럼 복잡한 메디나 골목에서 구세주를 만난 것을. 체면도 차릴 때와 버릴 때를 알아야 한다. 그의 싸늘한 시선에 아랑곳없이, 계속 친한 척을 했다.

"꼬레아! 시장은 저쪽이라고. 나 지금 일해야 하니까 알아서 찾아."

손수레에 잡동사니를 늘어놓던 후세인이 퉁을 놓는다. 그럴만도 하다. 두 시간 전, 미로 속을 헤매다가 행상하던 그에게 도움을 청했더랬다. 바쁜 와중에 그는 약도까지 그려가며 성의껏 길을 일러주었다. 그런 호의를 무용지물로 만들며, 결국 나는 제자리로 돌아온 것이다.

발을 디딘 지 닷새가 넘었건만, 모로코 페스(Fez)의 뒷골목은 마냥 낯설기만 하다. 페스는 수천 년 전 조성된 아랍의 전통 주거지로 유명한 도시다. '메디나' 로 불리는 이 지역 전체가 세계문화유산으로 등록되어 있을 만큼 역사적 가치가 높다. 특히 꼬인 실타래마냥 어지러이 펼쳐진 메디나의 골목길은 '이색 풍경' 을 좇는 전 세계 배낭족의 역마살을 자극한다.

메디나는 수백 갈래의 좁은 길을 품고 있다. 규칙이나 기준을 거부한 채 제멋대로 뻗은 골목길 앞에서 방향감각 따윈 의미가 없다. 영화 〈큐브〉의 움직이는 미로처럼 메디나는 좀체 목적지를 내주지 않는다.

복잡하기로 이름난 까닭에 많은 이들이 나름의 채비 끝에 메디나를 찾는다. 현지 안내원을 고용하는 경우도 있고, 지도나 안내책자를 구입하기도 한다. 굴지의 여행사에서 내놓는 관련 상품도 많다. 모로코에 도착하기 전까지 골목길의 존재조차 몰랐던 나에게 시련은 당연한 것인지도 모른다.

모로코는 원래 예정에 없던 여행지다. 스페인 남부의 안달루시아 지역을 여행하던 중 뜬금없이 모로코행을 결정했다. 하늘 높은 줄 모르고 치솟는 유로화의 부담과 혹독한 추위를 피하고 싶었던 것이다. 유럽 물가의 절반 수준으로 지중해 이남의 따뜻한 온기를 느낄 수 있으니 단연 매력적일 수밖에.

하지만 이는 부차적 이유에 지나지 않는다. 모로코를 택한 결정적인 이유는 유럽 여행이 지루했기 때문이다. 교통, 통신, 숙박 등 어디 하나 흠잡을 데 없는 완벽한 관광 인프라, 호객행위는 고사하고 뭘 하든 아무도 신경 쓰지 않는 개인주의……. 유럽의 이런 요소들이 처음엔 편안함으로 다가왔다. 하지만 시간이 흐르자 편안함은 곧 지루함으로 변했고, 매너리즘에 빠져들 무렵 새로운 자극이 절실했다.

모로코는 지브롤터 해협을 두고 스페인과 마주하고 있다. 스페인의 항구도시 알헤시라스에서 배로 세 시간이 채 걸리지 않을 정도로 가깝다. 당긴 김에 쇠뿔을 뽑기로 마음먹은 나는 곧장 모로코행 배에 몸을 실었다.

이슬람 국가인 모로코는 지정학적으로 아프리카 대륙에 속한다. 이베리아 반도와 가까운 곳에 위치, 유럽의 영향 또한 강하게 받았다. 한때 프랑스의 식민 지배하에 놓인 전력도 있다. 아랍과 아프리카, 유럽 등 각기 다른 문명이 녹아든 모로코의 문화는 다채롭기 그지없다. 무뎌진 여행자의 촉수에 날이 섰고, 다시금 심장이 콩닥거리기 시작했다.

온종일 메디나의 미로 속에서 헤매야 할망정, 나는 유럽의 단조로움보다 모로코의 혼잡함이 좋다. 때 이른 소소리바람을

꼬인 실타래처럼
어지러이 펼쳐진
메디나의 골목길은
'이색 풍경'을 쫓는
전 세계 배낭족의
역마살을 자극한다.

맞으며 이 골목 저 골목을 누비노라면, 눈과 귀가 무료할 새 없다. 히잡과 차도르를 걸친 여인네, 때마다 모스크에서 들려오는 코란의 읊조림, 영화 〈스타워즈〉에서 '제다이'가 입었던 모로코 전통복장 등 시선이 머무는 곳마다 하나같이 신기하고 흥미롭다.

가장 인상 깊었던 건 '찻집 문화'다. 메디나에는 차를 파는 곳이 많다. 삼삼오오 모여 앉은 남정네들이 허브차나 커피를 홀짝이며 담소를 나눈다. 아마도 금주를 계율로 정해놓은 이슬람교의 특성상 이런 문화가 생겨난 듯하다. 유흥문화에 익숙한 내게 남자끼리 차 마시며 수다 떠는 모습은 영 낯설었다.

찻집 한 귀퉁이에 엉덩이를 붙이고 허브차를 시켰다. 오지랖 넓기로 둘째 가라면 서러울 모로코인, 그들의 뜨거운 시선을 예상했으나 어찌된 영문인지 내가 들어온 것조차 모른다. 모두들 찻집 천장에 매달린 TV에 빠져 있다.

아랍방송은 아비규환의 가자 지구(Gaza Strip)를 비추고 있었다. 장면 장면이 섬뜩해 현기증이 일었다. 백린탄 파편에 살이 타들어간 노인과 흰 천에 둘둘 말린 아이의 시체를 배경으로 보도하는 앵커의 목소리가 격앙된다.

찻집 안이 술렁인다. 속보는 끝났지만, 이를 지켜보던 사람들의 원성은 잦아들지 않는다. 그들은 둘러앉아 한참 동안 토론을 벌였다. 낯선 아랍어 사이로 이스라엘, 팔레스타인, USA, UN 등

귀에 익은 단어가 들려왔다.

문득 나 혼자만 길을 잃고 헤매는 게 아니라는 생각이 들었다. 정의, 인권, 도덕, 이성 등 인류의 보편적 가치 역시 방향을 상실한 채 가자 지구의 뒷골목을 표류하고 있는 듯했다.

한낱 여행자야 발품 팔면 그만이라지만, 대의야 어디 그런가. 보편적 가치가 제 갈 길을 찾지 못하는 동안 무고한 희생만 늘어가는 것을.

단상에 빠져 있는 동안 어느새 해가 지고 있었다. 어두워지기 전에 돌아갈 요량으로 서둘러 찻집을 나왔다. 성벽 사이로 핏빛 노을이 번져가고 있었다.

피라미드 꼭대기엔 바가지 상술이 있었다

이집트

여행기를 쓰다보면 종종 곤란한 경우가 생긴다. 쓸 만한 글감이 없거나, 반대로 쓸거리가 넘쳐날 때 그렇다.

기나긴 여정으로 여행 자체가 일상이 돼버린 상황에서 1년 365일 매일이 특별할 순 없다. 팔자 좋게 빈둥거리거나, 혹은 며칠씩 다른 장소로 이동할 때처럼 딱히 한 일이 없는 경우 마땅한 글 소재를 찾기 힘들다. 머리를 쥐어짜 본들 한 단락 쓰는 데 하세월이다.

반면, 글감이 너무 많아도 문제다. 이 얘길 담자니 저 얘기가 아쉽다. 뭐 하나 버릴 게 없다. 이래저래 닥치는 대로 쓰다보면 배는 어느새 산으로 간다. 두서 없이 횡설수설하는 글이 되기 십상이다.

이집트는 어떤가? 후자에 속한다. 쓸 내용이 너무 많다. 이집트를 대표하는 '피라미드와 스핑크스' 가 수도 카이로 근교의 기자(Giza) 지역에 있다. 이걸 쓰자니 신전의 백미로 꼽히는 아스완 근교의 '아부심벨' 이 걸린다. 파라오의 무덤으로 유명한 '룩소르 왕가의 계곡' 역시 외면하기 힘들다. 망자의 저주로 알려진 '투탕카문의 황금마스크' 도 지나치기 아쉽다. '람세스 2세' , '클레오파트라' , '오벨리스크' 도 있다. 모세가 십계를 받은 '시나이 산' 은 기독교 · 이슬람교 · 유대교의 성지다. 고대 문명의 발상지 '나일 강' 도 써야겠다. 알렉산더 대왕의 흔적이 숨 쉬는 '알렉산드리아' 가 빠지면 섭섭하다. 난감하다. 도무지 어느 것 하나 솎아낼 재간이 없다. 그렇다고 글감 모두를 조화롭게 버무릴 깜냥 또한 없다.

이집트 여행이 끝나갈 무렵, 괜한 걱정을 했다는 생각이 들 만큼 어지러이 떠오르던 글감은 의외로 손쉽게 정리됐다. 여정을 통틀어 가장 인상적인 소재 하나가 '딱' 걸려든 것. 치열한 경쟁을 뚫고 선택된 글감은 고대 이집트 문명도, 알렉산더의 대제국도, 모세의 성지도 아닌 이집트인의 '바가지 상술' 이다. 좀 뜬금없이 들릴지도 모르지만 이집트의 널뛰는 가격은 상상을 초월할 정도다.

이집트에서 정가란 존재하지 않는다. 호텔, 음식점, 상점, 기차역, 버스터미널, 여행사 등 어디서 무얼 하건 흥정을 통해 값을 치러야 한다. 이 과정에서 일부 이집트인은 원래 가치보다 수십 배나 비싼 가격을 부르곤 한다. 어수룩하게 행동하다간 순식간에 여행경비가 바닥날 지경에 이른다.

사실 바가지 상술은 이집트만의 문제가 아니다. 인도나 네팔, 동남아시아, 남아메리카 등 개발도상국을 여행하다 보면 흔하게 겪는 일이다. 하지만 기껏해야 정가보다 2~3배 정도인데 비해 이집트에선 보통이 20배요, 많게는 80배에 달하는 가격을 부르곤 한다. 이집트에 비하면 다른 나라의 바가지는 귀여운(?) 수준이다.

룩소르에서 유적지를 돌아보던 때의 일이다. 한 손에 기념품을 든 장사치가 뒤따라 오더니 물품을 건넨다. 돌로 만든 조각인데 괜찮아 보인다. 가격을 물어보니 400EP(1EP가 우리 돈 300원에 해당)를 달란다. 손가락 크기만 한 돌조각이 우리 돈 12만원이라니 기가 찰 노릇이다. 후에 안 사실이지만, 그가 보여준 기념품의 적정 가격은 단돈 5EP였다. 무려 80배나 높여 부른 것이다.

기념품이야 안 사면 그만이라지만 생필품의 경우엔 골치가 아프다. 한날 치약을 사러 갔더니, 20EP를 부른다. 한 뼘 크기의 조그만 치약이었다. 이집트 물가를 감안할 때 말도 안 되는 가격이다. 치약의 원래 가격은 2EP에도 못 미쳤지만, 주인은 얼굴색 하나 변하지 않고 값을 속였다. 치약뿐이랴. 흔히 우리가 '난닝구' 라 부르는 하얀 민소매 속옷 한 장을 내밀고는 우리 돈

4만 5천원에 해당하는 150EP를 요구했다. 속옷의 적정가는 3EP(900원). 식당에서 밥을 먹거나 택시를 탈 때도 어김없이 가격과의 전쟁을 치러야 한다. 스트레스가 이만저만이 아니다.

이집트를 여행하기 전까지 흥정에도 나름의 묘미가 있다고 생각했더랬다. 한 푼이라도 더 받으려는 현지인과 지갑 사정을 고려해야 하는 가난한 배낭여행자, 둘 사이엔 늘 팽팽한 긴장감

이집트에서 정가란 존재하지 않는다. 호텔, 음식점, 상점, 기차역, 버스터미널, 여행사 등 어디서 무얼 하건 흥정을 통해 값을 치러야 한다.

이 흐른다. 실랑이 끝에 적정선의 타협이 이뤄지면 어김없이 악수와 포옹이 오간다. '어쨌든' 정가보다 더 받고 판 쪽이나, '그나마' 정가에 가까운 가격에 산 쪽이나 흡족하긴 마찬가지다.

여행자는 안다. 개발도상국에서는 무얼 하든 현지인보단 비싼 값을 치러야 한다는 사실을. 넉넉지 않은 주머니 사정상 저들이 외국인을 상대로 많은 이문을 남기려 한다는 것을. 다행히 현지 물가가 저렴한 까닭에 어느 정도의 바가지 상술은 여행자에게 큰 부담이 되진 않는다.

이집트의 경우는 다르다. 정가와 판매가의 골이 천 길 낭떠러지만큼 깊다. 그 간극을 생각하면 흥정은 더 이상 '사람 냄새 풍기는 경제활동' 이 아니라 '생존을 위한 전쟁' 이 된다.

아파르트헤이트의 끝은 어디에

남아프리카
공화국
케이프타운

"믹스! 너 공사장에서 백인 본 적 있냐?"

"아니."

"그럼 주차요원 중에서는? 아님 청소부, 경비원, 구걸하는 사람……. 아무튼 3D 업종 중에서."

"3D가 뭔데?"

"Dirty, Difficult, Dangerous에 해당하는 험한 일을 뜻하잖아."

"못 본 거 같은데."

"그렇지? 죄다 흑인이지. 왜 그럴까?"

"그야 흑인이 많으니까 그렇지. 남아공 인구의 80% 이상이 흑인이잖아. 신문사에서 일한 놈이 그것도 몰라?"

"근데 왜 호텔이나 레스토랑 사장, 좋은 차 주인은 몽땅 백인이지? 네 말대로 흑인이 다수면 그중에 잘사는 사람도 많아야 하잖아?"

"유빈! 그게 뭐가 대수라고 발끈하냐? 라디오 볼륨이나 높여봐. Bloody hell, bloody hell, blah blah……."

애초 기대하지 않았지만, 녀석의 성의 없는 대답에 슬쩍 부아가 치밀었다. 케이프타운 숙소에서 만난 호주 청년 믹스. 동갑내기 그 역시 '나 홀로 여행자' 다. 죽이 잘 맞았던지라 우리는 곧잘 함께 다니곤 했다.

그날은 차를 빌려 아프리카 최남단 희망봉으로 향하던 길이었다. 케이프타운에서 느낀바, 구체적으로 '흑인과 백인의 관계' 에 대해 백인인 그의 생각을 들어보고 싶었다. 전날 밤 늦게까지 영어사전을 뒤적이며 준비했건만, 그와의 토론은 이렇듯 허무하게 끝을 맺었다. 심통이 나 차창 밖으로 고개를 돌렸다. 휙휙 지나가는 풍경을 보고 있자니, 케이프타운에서 보냈던 지난날이 머리를 스쳤다.

일주일 전 남아프리카공화국(이하 남아공) 케이프타운에 도착했다. 그즈음 내 심신 상태는 만신창이였다. 여행 끝자락의 얼마 남지 않은 기력을 중동과 이집트 여행에 몽땅 쏟은 탓이다. 하필 마지막 목적지가 오지 중에 오지로 꼽히는 남부 아프리카라니. 무뎌진 여행자의 촉수는 벼린들 벼려질까나.

그런데 참 희한한 일이다. 근심과 걱정, 무기력 사이로 언뜻언뜻 다른 성격의 감정이 비친다. 딱 꼬집어 설명하긴 힘들지만, 일종의 설렘 같은 거다. 두근거리고 흥분되는 그런 감정 말이다. 이 복잡함의 실체는 뭘까.

묘한 설렘을 끌어안은 채 발을 디딘 케이프타운은 남부 아프리카의 관문이다. 백인의 오랜 지배를 말해주듯 도처에 유럽 색채가 짙다. 이곳을 베이스캠프 삼아 본격적으로 남부 아프리카 여행을 시작할 계획이다. 각국 비자부터 교통편 마련까지 생각보다 준비할 사항이 많다. 뜻하지 않게 체류일이 길어진 김에, 나는 케이프타운을 좀 더 자세히 들여다보기로 했다.

2010년에 월드컵을 개최하는 남아공은 축구 열기로 뜨겁다. 나라 전역에서 경기장, 숙소 등 인프라를 다지는 일이 한창이다. 케이프타운 국제공항 청사에선 월드컵 성공개최를 염원하는 입간판이 제일 먼저 관광객을 맞는다. 도심 곳곳에서도 이런저런 월드컵 관련 공사가 분주하게 진행 중이다.

내가 눈여겨 본 것은 공사현장의 인부들이다. 뙤약볕 아래 비지땀을 흘리는 이들 중 백인은 없다. 하나같이 흑인이다. 물론 전체 인구의 84퍼센트가 흑인인 까닭에, 그만큼 흑인노동자가 많을 확률이 높은 게 사실이다. 그러나 이런 논리가 성립하려면, 화이트칼라 집단에도 흑인이 많아야 하는데 이건 또 그렇지 않다. 마치 흑인과 백인의 역할이 따로 정해져 있는 것처럼 보인다. 공사현장의 인부나 주차요원, 식당종업원, 환경미화원, 사설경비원 등 이른바 3D업종 종사자는 어김없이 흑인인 반면 이들을 부리는 윗선은 죄다 백인이란 얘기다. 적어도 내가 본 현실은 한 번도 이 공식에서 벗어난 적이 없다.

자연히 아파르트헤이트(Apartheid)를 떠올릴 수밖에. 남아공의 극단적 인종차별정책인 아파르트헤이트는 1948년에서 1994년 사이 유색인종을 합법적으로 옥죄기 위해 시행된 악법이다.

1652년 네덜란드계 동인도회사를 시작으로 프랑스, 독일, 영국 등 패권주의 야욕에 사로잡힌 서구인들이 앞다퉈 남아공으로 밀려들었고, 그들은 백인우월주의를 바탕으로 유색인종을 탄압하기 시작했다. 그저 피부색이 다르다는 게 이유였다. 수백 년간 이어져 온 차별은 20세기 들어 아파르트헤이트란 이름으로 제도화됐다. 이 시기에 흑인을 비롯한 유색인종은 '참정권 부정', '이인종 간 혼인금지', '거주 이전의 제한' 등의 사슬에 묶여야 했다. 노예제도가 성행했던 '고릿적' 얘기가 아니다. 우주선이 은하계를 누비는 최근의 일이다.

1994년 아파르트헤이트가 폐지되고 남아공 최초의 흑인대통령 넬슨 만델라가 집권한 이래 많은 이들이 희망을 품고 있다. 또 그들의 바람처럼 분명 남아공에도 변화가 일고 있다. 오후 6시면 집 밖 통행을 금지당했던 흑인들은 이제 밤늦도록 거리를 활보할 수 있다. 극소수지만 백인들의 전유물이던 고급주택에도 흑인 거주자가 들어서고 있다.

하지만 그뿐이다. 애석하게도 변화의 속도는 더디기만 하다. 아직도 남아공에서 흑백의 역할과 지위는 분명한 경계선 아래 놓여 있다. 360년간 사회 전반을 장악해온 악습이 15년 만에 근절되기란 힘든 일일 터.

희망봉은 대서양과 인도양이 만나는 곳이다. 물 색깔이나
지류의 배경 따위는 아무래도 상관없나 보다. 피부색으로 인종을 나누고,
국가의 배경을 따져가며 섞이지 못하는 것은 인간뿐이다.

문제는 남아공의 변화를 더디게 만드는 게 비단 시간 따위의 물리적 요인만은 아니라는 점이다. 만델라가 대통령에 당선되자, 백인의 절반가량이 흑인 정권을 인정할 수 없다며 남아공을 떠났다. 현재 거주하는 백인들은 특정 지역을 요새화하여, 여전히 그들만의 호화로운 삶을 누리고 있다. 아파르트헤이트 시절 악명 높던 백인 인종차별주의자를 명확하게 단죄하지 못한 것 역시 변화를 저해하는 요소다. 가해자의 진심어린 사죄와 화합을 위한 노력이 절실해 보인다.

"헤이! 유빈! 무슨 생각을 그리 하는 거야? 이제 다 왔다고."

믹스가 퉁을 놓는 바람에 나는 상념의 장막을 걷어야 했다. 눈앞에 희망봉이 펼쳐져 있었다. 희망봉(Cape of good hope), 15세기 포르투갈 항해자가 이곳을 발견하고는 이렇게 이름 붙였단다. 유럽에서 인도로 가는 길목인 이곳은 식민지 건설을 좀 더 효율적으로 하기 위한 거점으로 활용됐다. 그들에겐 '희망' 이었을지언정, 아프리카와 아시아 대륙엔 '절망' 의 시작이었던 셈이다.

희망봉은 대서양과 인도양이 만나는 곳이다. 케이프 포인트에 올라 그들의 조우를 가만히 지켜본다. 두 바다는 소리 없이 몸을 섞는다. 그 모습이 자연스럽다. 물 색깔이나 지류의 배경 따위는 아무래도 상관없나 보다. 피부색으로 인종을 나누고, 국가의 배경을 따져가며 섞이지 못하는 것은 인간뿐이다. 입맛이 씁쓸하다.

마릴린 먼로와 사막을 횡단하다

나미비아 ❶

'마릴린 먼로', 멀리서 그녀가 다가온다. 이름에서 풍기는 요염한 이미지와 사뭇 다른 모습이다. 육중한 몸피가 꽤 듬직하다는 인상을 준다. 한 차례 굉음과 함께 그녀가 멈춰 섰다. 마릴린은 우리를 오지로 이끌 캠핑차다. 안전과 직결된 주요 임무를 띤 만큼 구성원 모두 그녀를 사랑하고 존중해야 한다. 그것이 우리가 마릴린이라는 이름을 지어준 이유다.

'트럭킹(Trucking)'을 통해 본격적으로 남부아프리카 나미비아 여행에 나섰다. 트럭킹이란, 트럭을 개조해 만든 캠핑차를 타고 아프리카를 종·횡단하는 것을 말한다. 텐트 한 동에 의지해 잠을 자고, 직접 끼니를 지어먹는 야영생활이 어떨지 불 보듯 뻔하다. 하지만 수천 종의 동식물이 살아 숨 쉬는 자연의 보고, 문명을 등진 채 살아가는 원주민, 끝 간데없이 펼쳐진 사막과 초원 등 가공되지 않은 자연 속에 몸을 내맡기는 일은 분명 짜릿한 경험일 테다. 이런 까닭에 전 세계 수많은 이들이 트럭킹에 도전하고 있다.

우리 팀은 짐바브웨 출신 가이드 타바니를 중심으로 한국, 독일, 네덜란드, 스위스, 대만, 영국, 미국 등 8개국 22명으로 꾸려졌다. 간단히 자기소개를 끝내고 마릴린에 올랐다. 모두 말이 없다. 문화와 언어의 높다란 벽이 첫 만남의 어색함을 도드라지게 만든 것이다.

8개국 22명의 젊은이들로 구성된 트럭킹 팀

남아프리카공화국에서 나미비아로 넘어가는 길목인 서더버그에서 첫 야영을 시작했다. 텐트를 치는 일부터 밥 짓고 배식하는 일까지 낯설지 않은 게 없다. 그나마 군 생활을 마친 한국 젊은이 3인방의 손놀림이 가장 빠르다. 우리는 서둘러 텐트를 치고 외국 친구들을 도왔다.

네덜란드에서 온 로즈가 물었다.

"너희는 야영생활을 많이 해봤나 봐. 굉장히 익숙해 보이네."

“한국 남자들은 군대에서 지겹도록 텐트 치고, 밥도 지어먹고 그래.”

“군대? 다들 직업이 군인이야?”

“그런 게 아니고…….”

로즈에게 한국의 특수한 상황에 대해 설명하는 동안, 외국 친구들이 하나 둘 모여든다. 한국에 대해 잘 아는 대만인 인디가 중간 중간 부연 설명을 해주자, 다들 고개를 주억거린다. 한번 풀어헤쳐진 이야기보따리는 멈출 줄 몰랐다. 이런저런 얘기가 오가는 가운데, 웃음꽃이 피어났다. 어느새 악수를 청하고 어깨동무하는 일이 자연스러워졌다. 우리 앞의 벽은 그렇게 하나 둘 허물어져가고 있었다. 쏟아지는 별빛 아래서.

“내일은 새벽 일찌감치 출발해야 합니다. 늦어도 5시 30분까지는 모든 준비를 마치고, 마릴린에 탑승해야 해요.”

“어휴~”

팀장 가이드 타바니의 말에 여기저기서 한숨이 새어 나왔다. 출발시간에 맞추려면 적어도 새벽 4시 30분엔 일어나야 했기 때문. 여정 닷새째, 이번 트럭킹의 하이라이트 중 하나인 ‘듄(Dune)45’의 해돋이를 보기 위해선 어쩔 수 없는 일이다. 내일 펼쳐질 장관에 대한 기대가 높았기에 아무도 토를 달진 않았다.

듄45는 세계에서 가장 큰 사막 모래언덕이다. 벌건 해를 머금은 사구 앞에 서면, 경험 많은 사진작가들조차 숨을 쉬지 못할 정도로 그 모습이 경이롭단다.

"어이! 다들 일어나라고."

이른 새벽녘, 먼저 일어난 친구들이 텐트 사이를 오가며 잠에 취한 이들을 깨웠다. 한 치 앞도 안 보일 정도로 어둡다. 여기저기서 손전등 빛이 어지러이 춤춘다. 마른 숨을 헐떡이던 마릴린이 힘겹게 엔진을 가동했다. 그녀 역시 장도에 지친 모양이다. 피곤할 법도 한데, 차에 오른 이들의 눈이 하나같이 반짝인다. 마음은 벌써 듄45를 오르고 있는 듯했다.

황량한 사막을 40분 남짓 달렸을까. 눈앞에 거대한 사구의 형체가 느껴졌다. 하지만 듄45는 어둠에 몸을 숨긴 채, 쉽사리 모습을 드러내지 않았다. 도도한 녀석이다. 애타는 마음으로 해가 뜨기를 기다린 끝에, 드디어 먼발치서 동이 터 올랐다. 벌건 빛이 모래언덕 한쪽 면을 붉게 물들이는 동안, 반대편 경사면엔 검게 그림자가 졌다. 한쪽은 빛을 받아 눈이 부실 정도로 반짝이고, 다른 쪽은 칠흑처럼 어둡다. 그 선명한 색의 대비가 황홀할 정도로 아름다웠다.

듄45의 감동을 뒤로한 채 다음 목적지로 향했다. 스바코문트(Swakopmund), 나미비아 휴양도시로 유명한 이곳은 사막과 바다가 공존하는 도시다. 메마른 사막 너머 일렁이는 바다가 있다는 사실이 믿어지지 않았다. 사막 옆에 바다라니!

그 생경한 모습을 눈으로 확인하기 위해 사막을 횡단, 해안까지 가보기로 했다. 이를 위해 쿼드바이크(Quad Bike)라 불리는 네 발 달린 산악용 오토바이를 빌렸다. 구불구불한 모래언덕을 넘어 사막 한가운데를 달리자니, 그 옛날의 카라반이라도 된 기분이다. 낙타 대신 성능 좋은 오토바이가 있고, 교역품 대신 한가득 모험심을 실었다는 차이가 있을 뿐.

뜨거운 모래 바람에 숨이 막힐 즈음, 어디선가 짭조름한 바다 내음이 풍겨왔다. 바다다. 진짜 바다가 사막 코앞에 펼쳐져 있다. 금방이라도 마른땅을 적실 기세로 파도가 밀려든다. 그 광경에 넋을 잃은 동안, 여정의 일주일이 소리 없이 지나가고 있었다.

쿼드바이크를 타고 사막 횡단. 저 멀리 바다가 보인다.

야생의 규칙, "필요한 만큼만 취하라"

나미비아 ❷

녀석은 용의주도하다. 수풀에 바짝 엎드린 채 꼼짝하지 않는다. 바람결에 사람의 채취가 묻어나는지 어쩌다 코를 킁킁거릴 뿐이다. 우리 역시 신중하긴 마찬가지. 녀석을 자극하지 않기 위해 일제히 동작을 멈췄다. 차량 옆 창문에 붙은 마흔네 개의 눈동자는 깜박거림조차 잊은 채 한곳을 향해 있다. 숨소리마저 금물이다. 사위는 지독하게 고요하다.

30분째다. 아이 키만 한 갈대숲을 사이에 두고 '금수의 왕' 사자와 '영장류의 최상층부' 사람 간의 기 싸움이 팽팽하다. 전선은 2미터 안팎의 가까운 거리에 형성돼 있다. 지구력이 관건이다. 녀석은 우리가 떠나길, 우리는 녀석이 모습을 드러내길 간절히 바라고 있다. 주사위는 던져졌고, 어느 한쪽은 패할 수밖에 없는 운명이다.

남부 아프리카에서 가장 큰 동물서식지인 나미비아 에토샤 국립공원에 온 지 이틀이 지났다. 그동안 숱하게 많은 동물을 봤다. 영화 〈마라톤〉의 주인공 초원이가 그토록 닮고 싶어 했던 얼룩말을 비롯해 기린, 톰슨가젤, 임팔라, 스프링복, 타조, 자칼, 오릭스, 야생멧돼지, 독수리, 하이에나 등이 에토샤를 터전으로 살아가고 있었다.

그네들은 우리를 열광시켰다. 끝 간데없이 너른 초원을 달리다 물웅덩이에서 자맥질을 하는 야생동물을 발견할 때마다 절로 감탄사가 나왔다. 동물을 소재로 한 영상물이야 인간의 입맛대로 가공되기 일쑤지만 이곳엔 꾸밈이 없다. 동물원 철장 속 금수에게 채워진 속박의 굴레도 없다. 모든 게 진짜다. 일종의 카타르시스가 느껴지는 이유다.

그런데 어찌된 일인지 에토샤에서 보내는 마지막 날 모두의 마음이 뒤숭숭하다. 뒷간에서 일 처리를 확실히 못한 것처럼 뭔가 개운치 않다. 아직 사자를 못 본 탓이다. 사파리의 꽃은 뭐니뭐니해도 맹금류를 호령하는 사자를 마주하는 일일 게다. 주로 밤에 사냥하는 사자는 웬만해선 그 모습을 드러내지 않는다. 경계심 많은 녀석은 사파리가 이뤄지는 새벽이나 낮 시간대에 수풀이나 나무 둥치 뒤로 몸을 숨기기 때문이다.

탐사팀은 에토샤를 떠나기 직전, 마지막 날 사파리에 기대를 걸었다. 모두가 한마음으로 사자가 나타나기를 고대하고 있는 가운데 팀장 가이드 타바니가 입을 뗐다. 목소리에 힘이 없다.

"이번 탐사에선 사자를 포기해야 할 것 같습니다. 아무래도 저희에게 운이 따르지 않는 모양……."

"사자다!"

그가 채 말을 끝내기 전에 누군가 소리쳤다. 이목이 집중됐다. 먼발치 수풀 사이로 샛노란 갈퀴가 휘날린다. 수사자다. 캠핑차 안이 술렁였다. 타바니가 모두에게 주의를 준다. 사자는 극도로 민감하니 자극하지 말란다. 이내 차 안에 정적이 감돈다. 우리를 태운 마릴린은 조용히 사자에게 다가갔다. 첫 대면이다. 하지만 녀석은 쉽사리 그 자태를 내보이지 않았다. 수풀 사이에 몸을 숨긴 채.

도무지 승패가 나지 않을 것 같던 기 싸움에 변화가 일었다. 사자 쪽이 흔들리기 시작했다. 시간이 지남에 따라 조금씩 뒤척이던 녀석이 마침내 몸을 일으켰다. 우리 쪽을 바라보더니 우렁차게 포효한다. 소리가 쩌렁쩌렁하다. 차 안이 다시 떠들썩하다. 스무여 대의 카메라가 사자를 정조준한 가운데, 여기저기서 셔터 누르는 소리가 요란하다.

우린 녀석에게 '심바'라는 이름을 붙여줬다. 애니메이션 〈라이온 킹〉의 주인공을 꼭 빼닮았기에. 녀석은 바위산 꼭대기에 올라 동물들을 굽어보던 심바의 당당한 위엄을 지녔다.

천천히 몸을 일으킨 심바가 우리 쪽으로 다가왔다. 고리 모양의 눈과 얼굴을 뒤덮은 갈퀴가 강한 인상을 풍겼다. 마릴린 주위를 한 바퀴 돌더니 녀석은 풀숲을 따라 어디론가 향했다. 근처에 있던 초식동물들이 놀라 사방팔방으로 뛴다. 모두들 역동적인 사냥 장면을 기대하며 숨을 죽였지만, 심바는 달아나는 임팔라 무리에게 눈길조차 주지 않았다.

"이곳 야생에선 결코 쓸데없이 사냥하는 일이 없습니다.
딱 필요한 만큼만 얻고 더 이상은 욕심내지 않지요."

“심바는 지금 배가 고프지 않습니다. 아마도 어젯밤 사냥에서 먹이를 구한 모양이지요. 이곳 야생에선 결코 쓸데없이 사냥하는 일이 없습니다. 딱 필요한 만큼만 얻고 더 이상은 욕심내지 않지요.”

가이드의 말이다.

우리는 숲 속 저편으로 사라질 때까지 심바의 흔적을 좇았다. 그러고는 미련 없이 에토샤를 떠날 수 있었다. 예정보다 늦게 국립공원을 빠져나오자 때는 이미 저녁이었다. 지평선 너머 지는 해가 주위를 붉게 물들이더니 마침내 초원은 검은 융단을 덮어 놓은 것처럼 어두워졌다. 상념에 잠기기에 분위기가 그만이었다.

나는 심바를 떠올렸다. 딱 필요한 만큼만 사냥을 한다는, 그 이상은 욕심 부리지 않는다는 녀석을 말이다. 어쩐지 그의 포효가 호통처럼 느껴졌다. 덕지덕지 욕심이 들어찬 내 마음을 녀석은 알고 있었던 걸까? 다행스럽게도 아프리카 초원 위에서 보내는 마지막 밤은 부끄러워 빨개진 낯빛을 가려줄 만큼 충분히 어두웠다.

오세아니아

멜버른을 출발해
캔버라, 시드니, 골드
코스트를 거쳐 브리즈번에
이르는 동안 대자연의
경이로움 앞에 절로
고개가 숙여지더군요.

태평양 남쪽에 오도카니 자리한 섬나라 호주와 뉴질랜드. 이들을 포함한 오세아니아 대륙을 이야기할 때 자연을 빼놓을 수 없겠지요.

호주에서는 자동차로 종단을 했습니다. 멜버른을 출발해 캔버라, 시드니, 골드코스트를 거쳐 브리즈번에 이르는 동안 대자연의 경이로움 앞에 절로 고개가 숙여지더군요. 한밤중 원시림을 달리다 한편에 차를 세운 채 쏟아지던 별 무리를 올려다보던 때를 잊을 수 없습니다.

청정국가 뉴질랜드를 품은 자연은 좀 더 정갈하고 소박한 느낌을 줍니다. 끝 간데없이 펼쳐진 초원 위에서 한가로이 풀 뜯는 양떼를 보고 있자면 '디지털 놀음' 에 지친 마음이 절로 치유되는 것 같습니다.

오세아니아 여행은 다채로운 자연만큼이나 많은 것들을 생각하게 해주었습니다.

호주 도로를 달리다 '로드 킬' 의 참상을 목격, 개발만능주의의 폐해를 되새깁니다. 호주 사회에 자리잡은 한인들을 통해 대한민국 청년의 현주소를 가늠하고 이를 통해 자기성찰과 반성을 해봅니다. 뉴질랜드 마오리족을 통해 문화의 다양성이 얼마나 소중한지 상기하게 됩니다.

일확천금의 꿈이 낳은 도시

호주 멜버른

고도를 높인 비행기가 순식간에 뭉게구름 사이를 비집고 들어섰다. 주위가 회칠을 한듯 온통 하얗다. 현실과 비현실의 경계가 허물어지고, 모든 게 꿈처럼 느껴진다. 창밖으로 펼쳐진 초원은 그 끝을 가늠하기 힘들 정도로 광활하다. 그 사이로 까만 점들이 느릿느릿 움직인다. 자세히 보니 캥거루다.

호주다. 방금 지나온 대륙에 길들여져 있던 눈이 새로운 풍경에 낯가림을 한다.

그도 그럴 것이 호주는 지금껏 보아온 풍경과 사뭇 다른 분위기를 자아냈다. 우리나라보다 77배나 넓은 호주는 인구가 2,000만 명에 불과하다. 단위면적당 인구밀도가 낮은 만큼 자연 친화적일 수밖에 없다. 도심을 조금만 벗어나도 초원과 울창한 산림이 이어지고, 호주의 상징인 캥거루를 비롯해 코알라, 앵무새가 지천이다.

본격적인 여행에 앞서 자동차 한 대를 빌렸다. 땅덩이가 큰 호주는 상대적으로 대중교통의 발달이 더뎌 구석구석을 둘러보기 위해선 자가 차량이 필수다. 다행히 최근 몇 년 새 가파르게 상승한 물가에 비해 자동차 대여비는 저렴했다. 차량 점검을 마친 후 지도와 취사용품, 방한복 등 장거리 여행에 필요한 장비를 구입하고 도시별 여행 정보를 수집했다.

장도에 오르기 위한 모든 준비를 끝내고, 호주에 살고 있는 사촌동생과 함께 대륙종단에 나섰다.

호주의 주요 도시는 동쪽 해안을 따라 조성돼 있다. 동해안과 서해안을 제외한 중앙부는 척박한 기후 탓에 사람이 살기에 부적합하기 때문. 우리는 동해안 아래쪽에서 위쪽까지 약 4,000km에 이르는 해안도로를 따라 종단하기로 했다.

첫 목적지인 빅토리아 주의 주도 멜버른은 시드니에 이은 호주 제2의 도시로 손꼽힌다. 20세기 들어 시드니에 주도권을 내주기 전까지 호주의 경제 · 문화 · 교육 전반을 이끌었던 멜버른은 일확천금의 꿈이 낳은 도시다.

1851년, 호주 남동부의 한낱 작은 교회도시에 불과하던 멜버른이 북적대기 시작한다. 서쪽 근교의 발라렛(Ballaret)을 중심으로 대규모 금광이 발견되자, 세계각지에서 '황금사냥꾼'이 몰려든 것. 호주 대륙을 장악하고 있던 영국을 비롯해 유럽 및 북미 각국과 중국 등지에서 금을 찾기 위한 행렬이 줄을 이었다.

'골드러시(Gold Rush)' 로 인구가 늘자, 멜버른의 경제는 급속도로 발전한다. 목동과 양들로 가득했던 마을에 상점과 숙소가 생겨나고, 금광단지 개발을 위한 대규모 투자가 이뤄졌다. 이를 바탕으로 멜버른은 100년이 넘도록 호주 최대 도시로 군림하게 된다.

호주 종단에 나선 지 이틀째, '골드러시' 의 흔적을 고스란히 안고 있는 발라렛을 찾았다. 역사적인 장소인 만큼 주 정부는 금광이 처음 발견된 소버린 힐(Sovereign Hill)을 민속촌으로 지정해 옛 모습을 그대로 보존하고 있었다.

소버린 힐은 19세기 금광을 중심으로 형성된 상업 · 주거지역이다. 민속촌답게 호주 근세의 가옥구조와 전통의상 등이 전시되어 있어 당시 '황금사냥꾼' 의 생활상을 엿볼 수 있다. 특히 금광이 자리한 계곡에서는 지금도 사금 채취가 가능하다.

소버린 힐에서 사금을 채취하고 있는 사람들

실제로 이날 소버린 힐을 찾은 이들은 옛 방식대로 금을 찾고 있었다. 절차는 간단하다. 쇠로 된 양동이에 계곡 밑바닥의 흙을 담고, 자갈과 굵은 모래를 솎아낸다. 그러고 나서 고운 결정의 모래만 남긴 후 그 속에서 반짝이는 사금을 채취하면 된다.

사촌동생과 함께 양동이를 집어 들고, 사금을 캐는 행렬에 동참했다. 얼핏 쉬워 보이던 것과 달리 금 채취 작업은 만만치 않았다. 한겨울 얼음장처럼 차가운 계곡물에 손을 담그자 뼛속까지 한기가 밀려왔다.

두 시간이 넘도록 모래와 씨름을 벌였지만, 허탕이었다. 오기가 발동했다. 퉁퉁 불어터진 손을 녹여가며 반나절 동안 고군분투한 끝에, 겨우 귀지만 한 사금 한 조각을 얻을 수 있었다.

재미삼아 시작한 사금 채취는 은근히 사람의 욕심을 자극했다. 많은 이들이 눌러앉아 우리처럼 시간 가는 줄 모르고 열중하고 있었다. 금광 여기저기서 탄성과 환호가 오갔다. 그러니 '골드러시' 시절, 목숨을 걸고 대륙을 건너온 '황금사냥꾼'의 심정은 오죽했으랴.

어둠 속 '로드 킬'에 대한 단상

호주 시드니

"어라, 저게 뭐야! 브레이크, 브레이크!"

시속 100km로 달리던 자동차가 파열음을 내더니 가까스로 멈춰 섰다. 한밤중 도로 앞을 막아선 시커먼 물체는 다름 아닌 캥거루였다. 급정거에 놀란 건 사람뿐이다. 영문을 모르겠다는 듯 큰 눈을 멀뚱거리더니, 캥거루는 이내 총총걸음으로 제 갈 길을 간다.

빅토리아 주를 떠나 호주 제1의 도시 시드니로 향하던 중 겪은 일이다. 다행히 뒤따르던 차가 없어 무사했지만, 자칫 대형사고로 이어질 뻔한 아찔한 순간이었다.

호주에서 야간운전은 매우 위험하다. 땅덩이가 넓다보니 도심을 제외한 외곽에는 가로등 하나 없는 경우가 많다. 게다가 대부분의 도로가 산이나 초원의 허리를 가로지르는 탓에 야생동물의 로드 킬(Road kill, 동물이 도로에서 차에 치여 숨지는 사고)이 잦다.

이러한 점을 감안해 사촌동생과 나는 해가 지면 운전을 삼가고, 차 안에서 잠을 자기로 계획했다. 하지만 4,000km에 달하는 장거리 여행에는 변수가 자리하는 법. 칠흑같이 어두운 산중에서 잠을 청하려다 야생동물의 처연한 울음소리와 뼛속까지 밀려드는 한기에 떠밀려 야간 이동을 해야 하는 경우가 허다했다.

한밤중 목도한 도로 위 풍경은 처참하기 짝이 없었다. 차체에 부딪히고 바퀴에 깔려 형태조차 알아보기 힘든 동물 사체가 여기저기 널려 있었다.

호주에서 로드 킬로 목숨을 잃는 야생동물은 한 해 수백만 마리에 이른다. 이들의 개체 수 감소는 곧 생태계의 붕괴로 이어진다. 또 레드 캥거루처럼 덩치가 큰 동물과 충돌할 경우 인명사고가 발생하기도 한다.

이 때문에 호주 정부는 운전면허 취득시 야생동물 출몰에 대비한 시뮬레이션 훈련을 의무화하거나, 각 도로의 규정 속도를 현저히 낮추는 방식 등으로 로드 킬 예방에 힘쓰고 있다.

문득 오래 전 보았던 단편영화가 떠올랐다. 로드 킬의 심각성을 다룬 다큐멘터리였던 것으로 기억한다.

살생의 흔적이 난무한 도로 위에서, 감독은 짧은 단상으로 개발만능주의에 빠진 인간의 잔혹함을 꼬집는다.

"우리는 이곳을 '길' 이라 부르지만, 저들은 이곳을 '집' 이라 부른다."

그 메시지가 어찌나 강렬했던지 수개월이 지난 지금까지 기억 한 자락을 차지하고 있다.

이런저런 감상에 빠져 있는 동안, 차창 밖으로 동이 터올랐다. 잠을 설친 데다 밤새 신경을 곤두세운 탓인지 뒷목이 뻐근했다. 지친 몸을 추스르려 갓길에 차를 대고, 기지개를 켜는 찰라 사촌동생이 소리쳤다.

"형! 저기 봐, 오페라하우스야."

먼동 사이로 오렌지를 썰어놓은 모양의 구조물이 눈에 들어왔다. 호주의 상징물인 오페라하우스다. 맞은편엔 사진으로만 보아오던 하버브리지가 웅장한 자태를 드러내고 있었다.

꼬박 이틀간의 강행군 끝에 드디어 시드니에 발을 디딘 것이다. 세계 3대 미항 중 하나인 시드니는 먼발치에서도 도드라질 만큼 아름다운 자태를 뽐내고 있었다.

아침햇살을 머금은 금빛 파도 사이로 새하얀 요트가 떠다니고 있었고, 해안선을 따라 조성된 산책로와 도심공원은 활기로 가득했다.

금강산도 식후경이다. 눈보단 배를 호강시키는 게 급선무였다. 패스트푸드에 상한 속을 달래기엔 내 나라 음식이 제격이다.

꼬박 이틀간의 강행군 끝에 드디어 시드니에 발을 디뎠다.
세계 3대 미항 중 하나인 시드니는 먼발치에서도 도드라질 만큼
아름다운 자태를 뽐내고 있었다.

미리 입수한 정보를 바탕으로 한국식당이 몰린 스트라스필드(Strath Field)를 찾았다. 호주를 대표하는 한인타운답게 거리에는 한글 간판이 넘쳐났다. 오가는 행인의 말투와 생김 역시 전혀 낯설지 않았다.

초입에 자리한 한 식당에 자리를 잡고, 설렁탕을 시켰다. 얼큰한 국물에 큼지막한 깍두기를 곁들여, 게 눈 감추듯 한 그릇을 비웠다. 게걸스런 모습이 신기했는지 우리를 지켜보던 주인 할아버지가 이것저것 물으신다.

유학이나 사업차 방문한 사람들만 보다가 배낭여행객을 만나니 새롭단다. 그러고 보니 식당 안을 메운 사람들 모두 깔끔한 차림새다. 집채만 한 배낭과 산발한 머리, 덥수룩하게 수염을 기른 우리 몰골이 단연 튈 수밖에.

식당을 나와 햇살이 잘 드는 벤치에 앉았다. 바닷바람이 상쾌하다. 배도 부르고, 등도 따듯하다. 슬며시 하품이 새어나온다. 바삐 움직이는 인파를 보니, 내가 누리는 여유가 슬쩍 미안해진다. 자동차 종단 닷새 만에 찾아든 평온한 아침이다.

대한민국 청년들아, 겉치레는 벗어던져라

호주
골드코스트
브리즈번

호주 자동차 종단을 마쳤다. 동남쪽 멜버른을 떠나 캔버라, 시드니, 골드코스트, 브리즈번 등 3개 주 5개 도시를 여행한 지 한 달만이다.

여행 중 다양한 배경의 사람들을 만났다. 이민자가 세운 나라인 만큼 호주는 다민족 · 다문화를 지향한다. 1800년대 중반 골드러시가 촉발한 이민 행렬은 이제 금광 대신 '삶의 여유'를 찾아 몰려드는 이들이 그 바통을 이어가고 있다.

'작은 지구촌' 호주에는 한국인, 그중에서도 청년이 많았다. 이들은 보통 세 부류로 나뉜다. 학위를 위해 유학생 비자를 발급받은 이들, 농장 등지에서 일을 하기 위해 워킹홀리데이 비자를 취득한 이들, 그리고 비자가 따로 필요 없는 배낭여행자.

지난 한 달 동안 한국 청년과 마주하며 느끼는 바가 컸다. 특히 여러 가치관이 상존하는 호주인지라, 타국 청년과의 비교를 통해 세계 속 한국 젊은이의 모습을 찬찬히 바라볼 수 있었다.

우선 한국 청년은 자립심이 약하다. 호주로 유학온 많은 학생들이 집에서 학비와 생활비를 지원받고 있었다. 대학생활 혹은 그 이후에도 부모의 지원을 받는 게 일반적인 한국에선 낯설지 않은 풍경이다.

하지만 많은 외국인이 이를 보고 고개를 갸웃거린다. 어느 날, 여행 중 만난 호주 청년 앤드류(24)가 던진 질문에 얼굴이 화끈거린 적이 있다.

"한국 부모들은 다 부자야? 왜 성인이 된 자식에게 돈을 보내주지? 언제까지 집에서 보살펴 주는 거야? 꼭 캥거루 같잖아. 어미 주머니 속에서 사는."

5년 전 고등학교를 졸업하고 부모로부터 독립한 앤드류는 현재 빵집을 운영 중이다. 그동안 차곡차곡 돈을 모아온 그는 올해 말 약혼을 앞두고 있다. 앤드류처럼 대부분의 서구 청년은 십대 이후 제 살길을 찾아 나선다.

자립심과 겉치레는 반비례하는 걸까? 스스로 벌어 쓰지 않는 한국 청년은 외모에 신경을 많이 쓴다.

10여 명의 외국인이 모여 사는 사촌동생 집에 'RICH GUY' 란 별명을 가진 한국 학생이 있다. 우리말로 하자면 '부자 녀석' 쯤

될까.

그가 이런 별명을 얻은 것은 화려한 씀씀이 때문. 20대 초반인 이 학생은 얼마 전 3,000만원이 넘는 일제 승용차를 샀다. 물론 부모가 사준 차다.

그가 고가의 차를 산 이유는 간단하다. 자신의 한인 친구들이 모두 그 정도 수준의 차를 몰고 다니기 때문이란다. 그는 "꿀리기 싫다"는 말을 입버릇처럼 달고 다녔다.

호주에서 차는 필수품이기에, 대부분의 청년이 자가 차를 소유하고 있다. 그러나 한국 학생처럼 새 차, 그것도 고가의 차를 사는 경우는 드물다. 보통 오래된 중고차를 싸게 구입, 'PICK UP PART' 라는 폐차 공장에서 필요한 부품을 사다 직접 차를 관리한다. 스스로 벌어 쓰는 만큼, 이들은 저렴하고 실용적인 차를 선호한다.

또한 한국 청년은 상당히 폐쇄적이다. 이는 파티 문화가 발달한 호주에서 더욱 도드라진다. 금빛 해안으로 유명한 골드코스트를 여행할 때다. 워킹 비자로 농장 일을 하는 이들과 배낭 여행객이 뒤섞인 숙소에 묵은 적이 있었다.

저녁께 파티가 열렸다. 호주에서 파티의 개념은 우리가 생각하는 거창한 모임이 아니다. 각자 준비해 온 먹거리를 앞에 두고 담소를 나누는 게 전부다.

파티는 정보를 교환하거나 다른 나라 친구와 사귈 수 있는 좋은 기회다. 하지만 유독 한국 청년은 파티를 꺼린다. 설사 마지못해 참석하더라도, 한인끼리 모여 '꿔다 놓은 보릿자루'가 되기 일쑤다.

폐쇄성은 사람을 소극적으로 만든다. 자동차 종단 중에 본 한국 청년의 모습이 그랬다.

천주교 세계청년대회(World Youth Day). 역대 단일 대회를 통틀어 호주에서 열린 가장 큰 행사인 WYD는 대륙 전체를 축제 분위기로 물들였다.

세계청년대회에서 행진을 즐기는 각국 청년들

운 좋게도 사촌동생과 나는 세계 각국에서 모인 수만 명의 청년들이 퀸즐랜드의 주도 브리즈번에서 행진하는 모습을 볼 수 있었다.

각국 청년들은 저마다 넘치는 열정으로 행진을 이끌었다. 자국 국기를 두르고 무등을 타거나, 페이스 페인팅을 한 채 노래와 춤을 선보이기도 했다. 여기저기서 나라별 국기가 휘날렸지만, 눈을 씻고 찾아봐도 태극기는 없었다. 한국 청년들은 삼삼오오 흩어져 '쥐죽은 듯' 입장하고 있었다. 답답한 마음에 사촌동생과 함께 고래고래 소리쳤다. "한국 파이팅!"

쭈뼛쭈뼛 우리 쪽으로 고개를 돌리던 몇몇이 이내 얼굴을 붉히더니 걸음을 재촉했다.

'작은 지구촌' 에서 목도한 한국 청년의 모습은 이처럼 작고 초라했다. 왜일까? '단일민족' 이란 지극히 폐쇄적인 개념을 마치 우월적인 가치인 것처럼 배워온 탓일까. 승자가 독식하는 무한경쟁체제에 길들여져 마음을 열 여유가 없는 탓일까. 체면과 겉치레를 중시하는 한국의 풍토 탓일까. 이도 저도 아니라면 원래 한국 청년의 깜냥이 그것밖에 안 되는 것일까.

한국 청년에 속하는 나 역시 이러한 지적에서 자유로울 수 없다. 이 글은 한국 청년에게 고하는 글이자, 나 스스로에 대한 반성문이기도 하다.

인류의 문화유산, 마오리족

뉴질랜드

"Ki mai koe ki a au he aha te mea nui tenei ao, 'He tangata', 'He tangata', 'He tangata.'(세상에서 가장 소중한 것이 무엇이냐 물으신다면, 제 대답은 한결같습니다. 첫째도 '사람', 둘째도 '사람', 셋째도 '사람'입니다)"

—마오리족 현자의 이야기 중에서

구릿빛의 탄탄한 몸매, 부릅뜬 눈, 괴성과 함께 비죽 내민 혀, 온몸을 휘감은 문신……. 오금이 저릴 정도로 서슬 퍼런 기세의 마오리족이다.

두려움을 모르는 그들은 전사다. 하지만 그게 전부가 아니다.

어느 현자의 말처럼 마오리족은 사람의 가치를 먼저 생각한다. 그래서일까? 호전적이되 잔인하지 않고, 용맹하되 무모하지 않으며, 지키려 하되 빼앗으려 하지 않는다.

지난 열흘간 뉴질랜드 로토루아(Rotorua)에서 마오리족의 역사와 문화, 생활상을 엿보았다.

뉴질랜드에 발을 딛기 전 무엇을 해야 할지 고민했다. 천혜의 자연조건으로 관광산업이 발달한 뉴질랜드에는 오감을 만족시킬 만한 것들이 지천에 널렸기 때문이다. 번지점프와 스카이다이빙, 래프팅, 제트스키, 암벽등반 등 각종 레포츠를 비롯해 이름난 유황온천이 전 세계 관광객을 불러 모으고 있었다.

한정된 시간 탓에 '선택과 집중' 이 불가피했던 나는 결국 '마오리족 마을 탐방' 을 택했다. 이유는 간단하다. 뉴질랜드를 생각할 때 가장 먼저 떠오르는 이미지가 그들이었기 때문.

어떤 이미지가 한 나라를 대변한다는 건 예삿일이 아니다. 하물며 인류 역사 속에서 언제나 소외당하고 핍박받던 원주민의 처지를 고려할 때, 마오리족이 뉴질랜드의 상징으로 자리 잡았다는 사실은 상당히 고무적이다. 이는 마오리족을 대화의 상대로 인정하고, 문화적 다양성을 존중하려 노력한 덕분이다.

마오리족은 폴리네시아(중앙 및 남태평양에 흩어져 있는 1000여 개의 여러 섬들) 동부에서 뉴질랜드로 건너왔다. '원주민' 이란 말뜻 그대로 백인에 앞서 신대륙을 발견한 마오리족은

뉴질랜드를 터전으로 그들만의 문화를 일구며 살았다.

하지만 서구의 팽창주의가 극에 달한 18세기, 영국을 중심으로 한 유럽열강이 오세아니아 대륙으로 몰려들면서, 원주민과 이주민 간 갈등이 시작됐다.

당시 영국은 '와이탕기 조약(Treaty of Waitangi)'을 통해 마오리족의 지위를 존중하고, 그들의 전통을 보전할 것을 약속했다. 호주와 미국에서 어보리진과 인디언을 무차별 학살한 것과 비교된다.

실제로 뉴질랜드를 여행하다 보면 어디서건 마오리족의 흔적을 느낄 수 있다.

거리에는 원주민이 직접 만든 수공예 조각이 즐비하고, 시립 도서관엔 마오리족에 대한 자료가 빼곡하다. 공공기관 내 모든 안내문에는 영어와 마오리어가 함께 표기되어 있다. 로토루아의 경우 아예 마오리족 마을을 조성, 원주민 보호에 앞장서고 있다.

하지만 아직 해결해야 할 과제가 많다. 일각에선 현재 남아 있는 마오리족의 모습은 관광용일 뿐, 그들의 전통이 사라질 위기에 처해 있다고 우려하고 있다. 비판론자들은 마오리족의 80퍼센트가 도시에 거주하며, 이들 중 상당수가 열악한 생활을 하고 있다는 점을 그 근거로 들고 있다.

다행히 뉴질랜드 정부 역시 이를 인식하고, 개선책 마련에 힘쓰고 있다. 2008년 6월, 17만 헥타르에 달하는 산림소유권을 마오리족에게 양도, 1,800억 원을 원주민에게 지불한 것이 한 사례다.

원주민의 문화를 지키려는 노력은 뉴질랜드뿐 아니라 전 세계가 함께해야 한다. 지구촌 곳곳에서 그 뿌리를 잃어가고 있는 원주민은 인류가 공동으로 지켜내야 할 소중한 문화유산이기 때문이다. 이들이 지닌 형형색색의 전통은 영양실조에 걸린 세계문화를 살찌울 '자양분' 임을 기억해야 할 것이다.

에필로그

세계로 뻗어가는 한류?

긴 시간 지구촌을 둘러보며 많을 것들을 보고 배웠습니다. 얻은 것들이 참 많은데 그중에 으뜸이 무엇이냐 묻는다면 '사고의 폭' 을 넓혔다는 점을 꼽고 싶습니다.

역사, 지리, 문화, 종교 등으로 복잡하게 얽히고설킨 대륙을 넘나들다 보면 세계사의 흐름과 현재의 지구촌 정세가 눈에 들어옵니다. 이러한 것들은 책이나 신문을 통해 습득하는 단편 지식으론 얻기 힘든 부분입니다.

무엇보다 과거(혹은 현재까지) 패권을 잡았던 나라들과 그들의 지배 아래 신음했던 나라들을 직접 둘러본 후 과거의 '힘의 논리' 가 현재까지 어떻게 이어져 오는지 목격했습니다. 또 우리나라에 대한 바깥의 평가나 이미지를 몸으로 체감할 수 있었습니다.

이런 경험들이 제 사고의 폭을 넓혀주었습니다. 에필로그에서는 6개 대륙을 여행하며 느낀 단상을 정리해 보았습니다.

신한류가 낳은 '만수'와 4대천왕

흔히들 한류(韓流)의 무대 하면 중국, 대만, 일본, 베트남 등 동아시아를 먼저 떠올린다. 용어 자체가 이 지역에 불어닥친 한국 대중문화 열풍에서 비롯됐으니 어찌 보면 자연스러운 일이다. 하지만 이제부턴 사고의 전환이 필요하다. 다시 말해 한류가 세계 곳곳에서 보다 광범위하게 넘실거리고 있다는 얘기다. 지난 1년의 여정을 통해 느낀바, 한류는 동아시아를 넘어 맹렬히 서진 중이다. 인도를 거쳐 중동 모래바람을 타고 유라시아의 가교 터키까지. 이뿐이랴. 이집트를 거점으로 검은 대륙 아프리카 초입에 상륙한 한류의 기세는 등등하기 그지없다.

이러한 현상을 이해하려면 한류에 대한 개념 확장이 필요하다. 서쪽의 한류는 동쪽의 그것과는 성격이 전혀 다르기 때문이다. 동아시아의 한류가 가수와 배우 등 한국 연예인의 인기를 바탕으로 한 '대중문화 열풍'을 의미한다면, 서진 중인 한류는 한국 여행자를 겨냥한 현지인의 '마케팅 열풍'을 의미한다. 동 한류가 한국 문화의 해외진출로 일어난 인위적인 현상이라면, 서 한류는 한국 여행자의 객심(客心)을 잡으려 현지인이 일으킨 자발적 현상이다.

먼저 인도를 보자. 인도를 여행하다 보면 자신을 '만수' 라 소개하는 현지인을 많이 만나게 된다. 델리, 아그라, 카주라호, 바라나시 등 한국인 여행자가 몰리는 도시에는 어김없이 만수가 넘쳐난다. '왜?' '언제?' '어떻게?' 만수라는 예명이 쓰이기 시작했는지 알 길은 없다. 다만 추측은 가능하다. 한국인을 상대하던 관광업 종사자에게 누군가 푸근한 이미지의 만수라는 별칭을 붙여줬을 테고, 덕분에 그는 한국 여행자들 사이에서 유명인사가 됐으리라. 이에 수천 킬로 떨어진 도시까지 '만수 마케팅' 이 퍼졌지 않았나 싶다.

빠하르간즈 골목에 위치한 만수네 짜이집

수도 뉴델리의 여행자 거리인 빠하르간즈 골목에 조그만 가게 하나가 있다. 이 가게의 주인 역시 만수다. 입구에 '만수네 짜이집' 이라는 한글 간판이 떡하니 걸려 있다. 한국인의 정서를 간파하고 있는 만수는 '에누리' 는 기본이요, '덤' 을 제공하고 '애프터서비스' 도 확실히 해준다. 연배에 상관없이 남자에겐 '형' , 여자에겐 '언니' 라는 호칭을 사용, 친근함을 더한다. 어설픈 한국말로 농담도 곧잘 한다. 이러니 한국 여행자들은 거리가 멀더라도 웬만하면 '만수네 짜이집' 을 찾는다. 만수의 성공에 고무된 주변 상점들이 하나둘 한글 간판을 내걸고 있지만 만수의 아성에 도전하기엔 힘이 부쳐 보인다.

힌두교 성지인 바라나시의 만수는 어떤가. 강가(갠지스강)에서 관광객을 상대로 나룻배를 태워주는 만수 역시 자칭 지한파다. 동틀 무렵과 해질녘 강가의 신성한 일출 · 일몰을 보러 강어귀로 나가면 어김없이 수십 명의 나룻배 호객꾼들이 들러붙는다. 서로들 자신의 배를 타라고 아우성이다. 어지러이 날아드는 영어와 인도어 사이로, "나 만수예요. 만수 배 타요." 하는 다소 어눌한 발음의 한국말이 들려온다. 만수다. 타국에서 그것도 현지인의 입을 통해 들려오는 우리말이 그저 신기하고 정겹다. 왠지 모를 신뢰감에 결국 만수 배에 오르게 된다.

한국 여행자의 객심을 잡는 보증수표인 만큼 인도의 관광업 종사자들은 너도나도 만수로 개명(?)하고 있다. 자연히 만수들 사이에선 진위 논란이 한창이다. 서로 자신이 원조라 주장하는가 하면, 상대가 짝퉁이라며 험담을 늘어놓기도 한다. 바라나시 만수가 카주라호 만수와 '맞짱' 떴다는 미확인 소문도 들려온다. 하지만 긍정적인 측면이 더 크다. 뼛속까지 만수가 되기 위해 이들은 우리말을 독학하고 한국 문화와 정서를 배우려 노력한다. 자발적으로 한류가 진행되고 있는 셈이다.

인도에 만수가 있다면 중동에는 지한파로 통하는 '4대 천왕'이 있다. 이집트(지리상 북아프리카지만, 아랍국가란 특성상 중동으로 분류)의 '만도'와 요르단의 '지단', 시리아의 '압둘라', 터키의 '헥토르'가 바로 그들이다.

이집트의 만도는 '4대 천왕' 중에서 단연 돋보이는 존재다. 파라오의 무덤 '왕가의 계곡'으로 유명한 룩소르에서 만도는 다양한 일을 한다. 요식업과 숙박업, 투어 가이드처럼 굵직한 일뿐 아니라 기차표 예약이나 물품구입 등 여행객 편의를 위한 자질구레한 일까지 도맡아 하고 있다. 물론 그의 손님은 모두 한국 여행자다. 한국인들 사이에서 '룩소르의 모든 길은 만도로 통한다'라는 말이 돌 정도로 그의 유명세는 대단하다. 독학했다고는 믿기 힘들 만큼 훌륭한 한국어 실력과 한식요리 솜씨는 그가 한국인의 마음을 잡기 위해 얼마나 노력해왔는지를 방증한다.

시리아 하마의 숙박업소에서 매니저 일을 하는 압둘라 역시 한국인 여행자들 사이에서 유명하다. 한국어 한마디 할 줄 모르는 그는 사람 됨됨이 하나로 객심을 사로잡은 경우다. 먼저 요구하지 않아도 알아서 손님 뒤치다꺼리에 여념 없는 그는 '손님이 왕'이어야 하는 한국 정서에 꼭 들어맞는 인물이다. 요르단 와디럼 사막투어의 지단과 터키 페티에의 헥토르 역시 그들만의 노하우로 한국 여행자를 끌어들이고 있다.

지구촌 여기저기를 돌아다녀 본 결과, 특정 국가를 겨냥한 마케팅 대상은 한국이 유일하다. 우리보다 훨씬 오랜 세월 동안 여행인프라를 구축해온 유럽이나 북미, 일본인들을 상대로 맞춤전략을 구사하는 현지인들은 본 적이 없다.

왜일까? 나름 고심 끝에 결론을 냈다. 한국은 해외여행의 규제가 풀린 지 올해로 고작 20년이다. 허나 늦게 배운 도둑질이 무섭다고, 한국의 해외여행자 수는 단기간 내 빠른 증가세를 보이고 있다.

여행자는 넘쳐나건만, 이미 여행 노하우가 쌓인 선진국에 비해 한국의 여행 정보는 빈약하기 그지없다. 상황이 이렇다보니 한국인 여행자의 여행 경로는 경험자의 수기에 좌우되는 경향이 크다. 예를 들어, 앞서 여행한 이가 '이집트 룩소르에 갔더니 만도라는 사람이 알아서 해주더라' 는 정보를 제공하면, 많은 이들이 같은 방법으로 여행을 한다는 얘기다.

마치 금은보화 솟아날 박씨를 물고 온 제비마냥, 앞선 한국 여행자는 후발주자들을 대거 몰려오게 만들 '보증수표' 나 다름없다. 이 때문에 한국 여행자의 객심을 사로잡으려는 현지인의 노력은 더욱 치열해질 것이다. 지구촌 곳곳에 제2, 제3의 만수가 나타나는 것도 시간문제다.

문화주의를 경계한다

외국을 여행하다 한국인을 만나면 그렇게 반가울 수가 없다. 이국의 낯선 언어와 문화 사이에서 방황하던 '나 홀로 여행자'라면 내 나라 사람을 마주하는 기쁨은 배가 된다. 아직 한국 여행자가 많지 않은 남미나 아프리카 등에서는 옷깃이 스치는 순간 형님 아우할 정도로 돈독한 사이가 된다. 일단 통성명이 끝나면 배낭족들은 그간 여행하며 겪은 설움을 토로하고 맞장구치며 서로를 위로한다. '외국어 울렁증' 탓에 단내 날 정도로 닫혀 있던 입들은 쉴 새 없이 한국어를 쏟아낸다.

이야기 도중에 종종 이런 말을 하는 아무개들도 있다.

"어디를 여행하다, 무슨 실수를 했는데 너무 창피했어. 외국인들이 다 쳐다보는 통에 '스미마생' 하고 일본인인 척했지."

"나도 여행 중에 부끄러운 일이 있었는데 '니하오' 하고 중국인인 척해버렸어."

어느 정도 농 섞인 얘길 터. 면 팔릴 일이 있을 땐 일본인 혹은 중국인 행세를 하는 게 애국하는 길이란 우스갯소리다.

얘길 듣다보면 문득 궁금증이 밀려온다. 여행자들이 종종 얼굴이 붉어질 만큼 부끄러운 실수를 한다는 말인즉 배낭족에게도 분명 지켜야 할 윤리가 있다는 것. 도대체 '여행자 윤리'란 뭘까? 그 나라의 법과 관습 지키기, 유적지나 유물 훼손하지 않기, 나와 다른 종교 존중하기, 뭐 이런 것들이 되지 않을까 싶다.

위에서 언급한 윤리들은 하나같이 상식적이다. 너무나 당연해서 식상하기까지 하다. 게다가 미디어의 발달로 지구촌 곳곳의 문화 '엿보기'가 일상화된 지금, 대부분의 배낭족들은 이런 윤리들을 잘 지키는 편이다.

하지만 굉장히 중요함에도 대부분의 여행자가 간과하고 있는 점이 있다. 선입견으로 얼룩진 눈으로 타 민족을 재단하는 행위가 바로 그것이다.

"이들은 왜 이토록 가난할까?"

지구촌에는 헐벗고 굶주리는 이웃이 너무도 많다. 문명과 담을 쌓은 개발도상국 국민들의 생활을 가까이서 보면, 가슴 한편이 저릿해져 온다. 인도의 한 시골마을에서 목격한 삶의 현장은 처절했다. 수년째 이어진 가뭄으로 물이 부족한 탓에 사람들은 고육지책으로 우물 바닥에 고인 썩은 물을 퍼다 썼다. 수도 공급은 꿈 같은 일이고, 수인성 전염병으로 아이들의 손발은 곪아터졌다. 소달구지가 유일한 교통수단이고, 많은 이들이 구걸로 하루하루를 연명했다. 신발을 신은 이들은 찾아보기 힘든 반면, 거리 한편에 거적을 깔고 자는 이들은 지천이었다.

남아메리카는 어떤가? 콜롬비아, 베네수엘라, 브라질, 볼리비아, 에콰도르 등 남미의 개발도상국에는 빈민가가 참 많다. 거리를 걷다보면 마약을 들이밀거나 몸을 파는 이들이 쉽게 눈에 띄었다. 불안정한 통화 탓에 은행에서 환전하는 것보다 거리의 불법 환전이 유리하기도 했다. 빈곤은 공직자의 부정을 부추긴다. 베네수엘라에서 만난 부패한 경찰, 이유 없이 짐 검사를 반복하며 노골적으로 돈을 요구하던 그들을 떠올리면 두고두고 입맛이 쓰다. 에콰도르에서 만난 잉카의 후예들은 하나같이 가난의 굴레를 못 벗고 있었다.

아프리카의 사정은 더 열악하다. 남아프리카공화국에서 나미비아로 넘어가는 도로가엔 차를 얻어 타려는 사람들이 줄지어 늘어서 있었다. 흡사 피난을 떠나는 난민의 모습으로. 남아공 요하네스버그 역 주변에선 노상강도를 만났다. 가진 것 없는 추레한 배낭여행자도 그들 눈에는 '배부른 돼지'로 보였나 보다. 돈이 없었던 나는 결국 맨발 신세가 되어 풀려났다. 네팔 어디쯤에서 구입한 값싼 신발을 그들이 감지덕지하며 벗겨간 것이다. 그나마 아프리카에서 잘 산다는 남아공이 이렇다.

이처럼 가난을 숙명처럼 안고 살아가는 개발도상국을 여행하는 배낭족은 스스로에게 묻게 된다.

"이들은 왜 이토록 가난할까?"

이 물음에 대한 답을 구할 때 선입견으로부터 자유로운 여행자는 없을 것이다. 우리는(나를 포함한 대부분의 여행자) 그들이 가난할 수밖에 없는 필연적인 이유를 그들 문화에서 비롯된 기질과 연관시키곤 한다.

예컨대 인도가 가난한 이유를 숙명론과 통하는 힌두교 때문이라고 단정 짓는 경향이 있다. 카스트 제도라든가 미신적 요소가 짙은 종교의 특성이 인도 경제를 후진적으로 만든다고 믿는 것이다. 남미의 후진성에 대해서는 흔히들 놀기 좋아하는 '한량기질' 에 혐의를 둔다. 내일에 대한 계획이나 투자 없이 그저 오늘 하루를 즐기는 데 혈안이 된 호모 루덴스(Homo Ludens)적 유전자가 발전을 저해한다고 재단하는 것이다. 아프리카에 대해서는 선천적으로 게으른 국민성이 빈곤함을 벗지 못하는 이유라고 속단한다.

이런 선입견은 오래도록 지구촌 패권을 장악해온 서구에서 비롯됐다. 17~18세기에 걸쳐 세계지도를 펴놓고 '땅따먹기' 에 열을 올리며 개발도상국들을 식민화했던 유럽 열강의 시각인 것이다. '문화주의' 를 바탕으로 한 이들의 주장은 과연 근거가 있는 것일까?

장하준 교수는 자신의 저서 『나쁜 사마리아인들』에서 문화주의의 한계에 대해 명확히 설명하고 있다. 강대국이 제도화한 신자유주의의 맹점을 파헤친 이 책의 9장 '게으른 일본인과 도둑질 잘하는 독일인' 에서 장 교수는 문화주의와 경제발전의 관련성을 경계하고 있다.

장 교수는 "문화는 변화한다. 많은 문화주의자들이 은연중 전제하는 것처럼 문화를 숙명으로 받아들이는 것은 옳지 않다" 며 "경제 발전에 확실하게 좋거나 나쁜 문화는 존재하지 않는다" 고 말한다. 이에 대한 근거로 독일과 일본, 한국 등을 예로 들고 있다. 19세기 중반 독일 경제의 비약적 발전이 있기 전, 영국인들은 독인인을 '둔하고 굼뜨고 정직하지 못한 사람들' 로 정의 내렸다. 또 일본이나 한국의 경우, 유교라는 전근대적인 사상 때문에 발전이 더디다고 비판했다.

하지만 이들 나라들이 경제적으로 성장한 지금의 평가는 어떤가? 둔하고 굼뜨고 정직하지 못하다던 독인인들은 철두철미하고 차분한 민족으로 평가받고 있다. 전근대적 사상이자 경제성장의 걸림돌이라던 동아시아의 유교는 오히려 경제발전에 도움이 되는 가치들을 품었다고 회자되고 있다. 한마디로 이들 나라의 경제발전을 전후로 문화주의자의 평가가 손바닥 뒤집듯 바뀌었다는 얘기다. 이런 근거들을 바탕으로 장 교수는 개발도상국의 후진성은 온전히 문화적 기질에 따른 것이 아니라 열악한 경제환경이 안고 있는 한계에서 나온 것이라고 지적한다. 경제

환경이 긍정적으로 변화하면 해당 국가 사람들의 기질이 긍정적인 방향으로 발휘될 수 있다는 것이다.

나는 장 교수의 주장에 전적으로 동의한다. 그렇다면 개발도상국들이 처한 열악한 상황이 어디서 비롯됐는지 따지는 일이 빈곤의 책임 소재를 가리는 첫걸음이라 할 수 있겠다. 이미 언급했듯 개발도상국 대부분은 서구열강, 정확히 유럽 여러 나라의 지배를 받았다. 이 시기의 착취가 오랜 시간 개발도상국의 경제적 자립을 방해했음은 주지의 사실이다. 개발도상국의 경제적 후진성이 그들의 기질 탓이라는 주장은 자신들의 잘못을 가리려는 '물타기'에 지나지 않는 셈이다.

그저 아무 생각 없이 개발도상국의 빈곤을 문화적 기질 탓으로 여기는 것은 가해자인 서구 열강의 '책임회피'에 힘을 실어주는 일이며, 피해자인 개발도상국의 명예를 훼손하는 일이다. 여행자의 시각이 흐려질 때 한 사회가 처한 현실을 왜곡하는 우를 범하게 된다. 섣부른 문화주의를 경계하는 것, 이 또한 여행자들이 지켜야 할 윤리인 것이다.